1781

Wolf von Lojewski

Noahs Club

Roman

Hoffmann und Campe

Für Ute

Die Deutsche Bibliothek – CIP-Einheitsaufnahme
Lojewski, Wolf von:
Noahs Club / Wolf von Lojewski.
– 1. Aufl. – Hamburg : Hoffmann und Campe, 1998
ISBN 3-455-04508-1

Lektorat: Jutta Siegmund-Schultze
Schutzumschlag: Büro Hamburg
Satz: Utesch GmbH, Hamburg
Druck und Bindung: Graphischer Großbetrieb Pößneck
Printed in Germany

In der Höhle der Antiquare

Die Straße zwischen den beiden großen Avenues ist laut, kalt und windig. Menschen hasten aneinander vorbei, schweigsam gegen den eisigen Wind gestemmt. Wie Lavaströme wälzen sich Kolonnen wild hupender gelber Taxis, kleiner kompakter Lieferwagen und langer Limousinen auf die Kreuzung zu. Dampfwolken steigen aus den U-Bahnschächten. Irgendwo unter der Erde muß Wärme sein.

Erik Bachmann starrt in den Schaukasten einer Galerie. Wie viel Stärke hat doch ein Bild! Ein gelber Himmel, der seine Farben auf eine stille Landschaft legt, hat ihn magisch angezogen. Der fahle Schein eines späten Nachmittags liegt auf einem ländlichen Pfad, der aufleuchtet wie ein Bach zwischen dunklen Ufern. Im diffusen Licht ein gebeugter Strich, ein Mensch, der heimwärts strebt durch diese so seltsam vertraute Szenerie. Er war schon dort. Wo war es nur? War es im Traum? War es im Leben? Die Stimme des älteren Bruders ruft: »Warte doch, warte ...«

Erik löst sich aus seinen Gedanken und sucht nach dem Geschäft, das zu diesem Bild gehört. Keine Ladentür, kein Hinweis, keine Kunsthandlung in der Nähe. Brauner Marmor rahmt den Schaukasten, hoch bis zu den Wolken. Eine in Lumpen gehüllte Gestalt hockt neben ihm vor der glatten Fassade. Der Mann sieht nicht auf, macht keinen Versuch, irgendeinen aus der Armee der Vorüberhastenden anzubetteln. Nicht einmal Erik in seinem teuren, für dieses Wetter viel zu dünnen Mantel.

Hastig steckt ihm Erik einen Dollar zu. Er würde gern mit ihm reden. Aber worüber? Farben und Licht, Erinnerungen und Träume – warum soll das einen Menschen wärmen, der auf dem eisigen Fußsteig sitzt?

Ein Portier in grauer Uniform mit silberdurchwirkter Kordel von der rechten Schulterklappe quer über die steife Brust schiebt eine gewaltige, kupferne Drehtür an, die Erik auf der Suche nach der Galerie langsam durch die marmorne Schutzmauer schleust, vom Kalten ins Warme, aus dem Gestank der Auspuffgase und der Dämpfe der Entlüftungsschächte in den Duft getrockneter Nelken, aus dem Lärm der gewöhnlichen Welt in eine von leiser klassischer Musik durchflutete Kunstwelt aus poliertem Kupfer und Glas, künstlichen Blumen und Marmorsäulen.

Rolltreppen befördern wie im Takt mit der dezenten, aus unsichtbaren Röhren eingespeisten Sonate den Eintretenden unter die Erde. Am Ende der rollenden Stufenleiter öffnen sich gläserne Schächte, die sternförmig in alle Richtungen streben. Die Musik zieht den Besucher weiter und tiefer, und alles in einem gedämpften, gleichmäßigen Licht. Nichts Grelles, nichts Dunkles, nichts zu laut und nichts zu aufdringlich im Geruch. Eine vornehme, gepflegte, mit allen Sinnen erspürbar teure Welt.

Wenige Menschen bewegen sich wie ein stummes Ballett hinter Fronten aus Glas. Eriks Blick fällt auf eine ältere Dame in einem arabischen Kleid und mit einem Turban in extremen und doch abgestimmten Farben – rot, grün und dunkelblau. Er fragt sich, ob dieser Aufzug originalgetreu ist oder das Werk eines noblen Designers, ein gleichsam überhöhtes Arabien, das die Wirklichkeit einer von Elend und Krisen geplagten Region vergessen läßt. Sie ordnet in ihrem gläsernen Kabinett Puppen, Bajazzi, indische Götter und buntbemalte Mohren, dazwischen ein Schaukelpferd, ein bißchen bestoßen, doch so kunstvoll restauriert, daß jeder makellose Gegenstand dagegen ernüchternd und langweilig wirken muß.

Erik geht weiter, die Musik führt ihn tiefer und tiefer in die Grotte unter dem Pflaster der großen Stadt, vorbei an Tontöpfereien aus versunkenen Zeiten, Samuraigewändern, Modelleisenbahnen aus den zwanziger, dreißiger Jahren, an Elfenbeinschnitzereien, Dämonen der Südsee, Porzellanen der edelsten Manufakturen und italienischen Drucken des 18. Jahrhunderts – Veduten, zerfallene Säulen und Kapitelle. In einer kleinen, gläsernen Zelle ein alter Mann, ganz in irgendwelche Buchhaltung vertieft. Im Kabinett daneben eine junge Frau, festlich gekleidet in weißer Bluse und langem, schwarzem Rock, als wolle sie gleich in die Oper. Um sie herum die erlesensten

Stücke. Auf kostbaren Teppichen holzgeschnitzte Heilige – ausgehendes Mittelalter bis Barock. Dem einen fehlt ein Arm, dem anderen ist der Kopf seitlich gesprungen. Und alles, alles in dieser vornehmen Gruft auf eine so schöne Weise tot.

Erik erschrickt nun geradezu bei dem Gedanken, hier irgendwo einzudringen, um eine Vase, ein Schwert oder einen Gott herauszugreifen aus ihrer wohlarrangierten Dekoration, Geld auf den Tisch zu legen, die Beute einpacken zu lassen und einfach wegzuschleppen.

Aber irgendwo in dieser gläsernen Schlucht muß doch auch jener Galerist zu finden sein, der ihn mit einem gerahmten Kindheitstraum, einem ländlichen Feierabend, hierher unter die Erde gelockt hatte. Erik hat es nicht eilig. Nicht jetzt und eigentlich nie. Das ist dort oben im lauten Leben ein seltener Vorzug, das ist sein Kummer, das ist ein Glück, das ihn befreit und das ihn ausschließt von all den Freuden und Leiden des Alltäglichen.

Das verdankt er seinem Bruder Ralf. Und für ein paar Sekunden muß er an ihn denken, in dessen hellen, modernen Bürofluchten in diesem Augenblick gewiß zehn oder zwanzig Telefone gleichzeitig summen. Und an Joyce, seine blonde, präzise, manchmal etwas gnadenlose Terminkoordinatorin, die jetzt gewiß die Schüchternen vertröstet, während sie auf anderen Leitungen die schnellsten Verbindungen zu jenen sucht, die wirklich wichtig sind für die großen

Geschäfte. Auch Erik war eigentlich selten an Joyce vorbeigekommen. Und immer, wenn sie ihm freundlich, aber endgültig beschied, daß es jetzt glattweg unmöglich sei, den großen Bruder zu sprechen, dann spürte er, wie in einer Frequenz oberhalb des klaren, kalten Nein die wohlmeinende Vertröstung lag: Mach dir nichts draus, dir geht es doch gut. Stör ihn nicht, er muß sich konzentrieren. Und wenn er Erfolg hat, bist doch auch du wieder reicher.

Seltsam, denkt er an Ralf, dann denkt er meist nur an Hektik und Betriebsamkeit, an gigantische Projekte, die alles Persönliche, Familiäre nebensächlich erscheinen lassen. Baukomplexe, Highways, Flughäfen, Einkaufszentren, ja ganze Städte – eine moderne, risikofreie, steuerlich abschreibbare, funkelnagelneue Welt: Das ist Ralf, sein Bruder. Nur manchmal noch in seinen Träumen taucht ein anderer auf: der Beschützer, mit dem er Rad fuhr auf einsamen Feldwegen, der ihm Geschichten vorlas von tapferen Cowboys und wilden Indianerkriegern, alle treu und gerecht und alle zum Äußersten bereit, wenn böse Menschen sie reizten. Selten stiegen diese Bilder aus den tieferen Schichten der Erinnerung auf, unverhofft ausgelöst von Stimmungen, Farben oder auch Gerüchen. Schwer zu erklären, plötzlich ist er da: ein kräftiger Körper, ein kantiger Kopf, blondes Haar, das auf der Scheitelseite nie zu bändigen war, das frech in die Gegend spritzte wie ein Sonnenstrahl.

Traumwandlerisch geht Erik weiter durch das unterirdische Labyrinth, entschlossen, den gemalten Kindheitstraum zu finden. Überall das gleiche Schattenspiel hinter gläsernen Scheiben, überall die aus unsichtbaren Lautsprechern eingespeiste Sonate, inzwischen in ihrem unendlichen Satz.

»Verlieren können Sie nie«, sagt die Dame in dem Kabinett mit den Ölgemälden. »Impressionisten bleiben immer gefragt.« Sie hat ihm zu seinem sicheren Geschmack gratuliert und ihm Listen und Kataloge weiterer Werke zugeschoben, die Preise der großen Auktionen in London, Paris und New York. »Sie wissen«, sagt sie in einem Duft fein abgestimmter Parfüme, »der Maler ist mit 40 Jahren wahnsinnig geworden. Sehr trauriges Schicksal, der Grund bis heute umstritten ... Zwei Jahre später schon ist er gestorben.«

Sie setzt sich halb auf die Schreibtischkante, den engen Rock leicht hochgezogen, die Beine übereinandergekreuzt, erotisch, doch im Rahmen des Dezenten. Sie trägt eine Art Jagdkostüm aus Tweed, zu kostbar, um wirklich damit über die Felder zu ziehen. Der Goldschmuck an den schmalen Händen etwas zu schwer, die Stimme dunkel, die Sprache in der Sorgfalt des Formulierens ein wenig im Tempo zurückgehalten. Sie klärt auf, ruft ins Gedächtnis zurück, gibt anerkannte Expertisen wieder. Sie betört, sie weiht Erik ein, sie vermittelt ihm schmeichelnd das Gefühl, doch schließlich selbst schon alles gewußt zu haben, auch wenn er nichts sagte.

Dabei würde er gern irgend etwas Eindrucksvolles beitragen zu einem Gespräch auf so hohem Niveau, doch viel fällt ihm nicht ein. Die ländliche Abendstimmung, nur schlicht ein schönes Bild, eine Kindheit, ein großer Bruder, Zukunftsträume von gestern –, all dies wagt er der schönen Expertin nicht zu beichten. Er spürt, daß es wohl doch die falschen Motive waren, die ihn in der Kälte einer rauheren Welt so verlockten. Mehr und mehr beschränkt sich seine Rolle darauf, ihren Argumenten ein verständiges Publikum zu sein: Maler früh gestorben, Zahl der bekanntgewordenen Bilder begrenzt, Marktwert klar kalkulierbar, allen Krisen zum Trotz anhaltend starkes Interesse bei japanischen Käuferschichten.

Es ernüchtert ihn, seine Seele am Katalog abzugleichen, seine Träume auf offenem Markt wiederzufinden. Und je mehr er ihr Recht gibt in allem, was sie sagt, je klarer ihre Zahlenkolonnen eine solide Wertsteigerung schlüssig erweisen, desto stärker sein Entschluß, lieber doch nicht zu kaufen.

Eine gewisse Unruhe aus der Nebengrotte, ja, laute Stimmen in diesem wohltemperierten Hain, geben ihm die Kraft zum Abgang, den nötigen Mut zu dem Versprechen, er werde nun alles in Ruhe überdenken. Etwas zu abrupt rutscht ein Rock wieder über die Knie. Es ist offenkundig, daß die Dame im Jagdkostüm ihr Talent und ihre Zeit verschwendet hat.

Er sieht ein Gesicht, ein Mann hastet vorbei, flieht, stürzt den Treppen, dem Ausgang entgegen.

Seltsam, er hat das Gefühl, als hätte er eine bewunderte Gestalt seiner Jugend, vielleicht einen in Ehren ergrauten Lehrer, vor aller Augen entblößt und erniedrigt gesehen. Ein feines, durchgeistigtes, sehr blasses Gesicht, die Augen weit aufgerissen im Schreck. Und, sofern man in Bruchteilen von Sekunden nicht völlig falschen Eindrücken erliegt, kerbt sich in Eriks Gedächtnis ein Blitzlicht-Foto ein: ein Mensch in jäher Flucht vor sich selbst, urplötzlich angesprungen und gehetzt von seiner Fähigkeit zum Schlechten.

Der Antiquar steht noch in der geöffneten Tür. Ein kleiner, weißhaariger, vom Leben schon etwas angeschabter Mann. »Die Polizei sollte man holen!« ruft er aufs höchste erregt, und dann fügt er mehr zu sich selbst hinzu: »Ich will nicht behaupten, daß ich ein Heiliger bin, aber irgendwo ist die Grenze!«

Neugier auf die Motive dieses unerwarteten Ausbruchs zieht Erik in das Kabinett der alten Bücher, die gepflegte Jägerin hatte ihre Tür hinter dem ordinären Krach forsch ins Schloß fallen lassen. Es duftet nun plötzlich recht allgemein, nach Nelken zwar, doch vermischt mit anderen, etwas abgestandenen Gerüchen – nach Staub, nach alten Männern und Tabak. Die Erregung draußen ist abgeklungen, es wird wieder still, die Sonate in ihrem dezenten Klang weht leise durch die Flure. Erik hat, um sich einen festen Anker zu schaffen, im nächstbesten Regal zu einem schweinsledernen Band gegriffen. Nun blättert er in grauem, wasserfleckigem Papier und wird erst langsam gewahr, daß das Buch seiner spontanen Wahl so etwas wie ein Protokoll vom schmerzhaften Sterben trappistischer Mönche ist. »Bruder Benedict starb am 20. August 1674, Bruder Urban am 2. Mai zwei Jahre darauf, Dom Abraham, Frater Basilius, alle freudig aus diesem sündigen Leben geschieden, den Kelch des Leidens ausgetrunken bis auf den Grund ...«

So gewissenhaft, aber auch ratlos blättert der plötzlich hereingespülte Gast, daß der Hüter aller dieser Schätze endlich anfängt zu reden.

»Wissen Sie, ich war mir meiner selbst ja nicht sicher«, beginnt der gebeugte Mann, zwischen den Regalen schon wieder etwas zur Ruhe gekommen, »... und warum soll ich es leugnen, in meinem Gewerbe warte ich doch immer auf eine solche Chance. Bücher, Bücher und kein Leben! Und wenn es hochkommt an einem gewöhnlichen Tag mal zehn Kunden im Laden, von denen einer etwas kauft. Zwanzig Dollar hier, fünfhundert dort, das macht nicht reich, das macht nicht glücklich. Viel öfter kommen Leute vorbei und wollen mir etwas verkaufen: zehn, zwanzig leicht bestoßene Bücher in einer Plastiktüte. Die meisten dieser Schätze sind keinen einzigen Dollar wert. Aber es ist der Traum eines jeden Antiquars, daß irgendwann mal einer arglos und erwartungsfroh in seinem Laden steht, den schon 50 Dollar glücklich machen. Und aus seiner Tüte, aus schmutzigem Papier, leuchtet dem erfahrenen Büchermann ein früher Druck, eine seltene erste Ausgabe entgegen. Wozu den Mann mit komplizierten Expertisen, mit zeitraubender Prüfung und vager Versprechung hinhalten und verwirren? Er bekommt seine 50 Dollar, ein zufriedener Mensch verläßt meinen Laden. Und sollte der Band, der ihm doch nie viel bedeutet hat, ein paar Monate später auf einer großen Auktion auftauchen, er wird es ja nie erfahren. Sie sehen also, ein Heiliger bin ich nicht.«

Erik blättert in dem schweinsledernen Buch mit den wasserfleckigen Seiten, liest von der Begierde der Brüder von La Trappe, vollkommen zu werden, von der Menschheit angeborener Bosheit des Herzens, jener unglücklichen Neigung zur Sünde, der Sehnsucht eines verzweifelten Häufleins reuiger Mönche, eine vergiftete Erde zu fliehen. Dies alles, gemischt mit der wirren Beichte einer aufgewühlten Buchhändlerseele, betäubt sein Denken. Hatte er schon im Gespräch mit der kühnen Jägerin der Kunst wenig Gescheites beizutragen, hier fehlt ihm nun jeder Ansatz, anteilnehmend zu begreifen. Und so blättert und blättert er mit einer sich steigernden Intensität, schaut nur ganz selten zu dem von dunklen Bekenntnissen sprudelnden Mann hinüber, um den Strom seiner Beichte nicht zu verstopfen.

Der Alte ist ganz offensichtlich entschlossen, Rechenschaft abzulegen über die Sünde zwischen Büchern, und Erik sucht hilflos nach einem Indiz, wohin die Reise gehen könnte. »Sehen Sie«, sagt der Alte, »Ihre Trappisten da – ich denke nicht, daß Sie solch ein Buch am Ende kaufen sollten –, also 150 Dollar machen Sie nicht arm und mich nicht reich. Sie finden mich in einer seltsamen Stimmung. Kurzum, ich habe gerade die größte Chance meines Lebens ausgeschlagen. Ich werde«, so setzt er mit bitterem Lachen hinzu, »nun arm, aber ehrlich sterben.«

Erik klammert sich geradezu an jenen bläßlichen Lederband wie an den einzigen Pfeiler in reißendem Gewässer, fest entschlossen, das Buch zu kaufen und heimzutragen als handfesten Beweis, dies alles wirklich erlebt und nicht geträumt zu haben.

»Glauben Sie mir«, fährt der Antiquar schließlich fort, der sich hinter einem mit Büchern und Papieren überhäuften Schreibtisch niedergelassen hat, »durch diesen kleinen Laden, durch meine Hände sind schon bedeutende Drucke gegangen. Für Monate, Wochen oder manchmal auch nur für Stunden waren sie mein. Vor hundert oder auch fünfhundert Jahren niedergeschrieben, Buchstabe für Buchstabe mit der Hand gesetzt, handabgezogen aus der Druckerpresse, gebunden mit solcher handwerklichen Inbrunst, daß sie noch jeden schnellen Bestseller überleben werden, der übermorgen erst auf den Markt kommt. Vergilbt und dahingedämmert in Gelehrtenstuben, Kriege überdauert, mal mehrere Generationen lang auf Dachböden oder in Kellerverliesen herumgemodert und eines Tages als Kostbarkeiten wiederentdeckt und zu neuen Ehren gekommen in den Wohnstuben von Leuten, die sie nicht mehr lesen.«

Er zieht mit der Hand einen Kreis durch die Luft und zeigt auf seine überfüllten Regale. »Und alle dreißig oder fünfzig Jahre fließen sie durch die Klause eines Antiquars, wenn wieder einmal eine Besitzergeneration dahingeschieden ist. Hier, diese Chronik der schmerzvoll verzückten Mönche, nur 150 Dollar! Sie nehmen die seltsam penible Beschreibung dessen, was der Mensch doch eigentlich lieber verdrängen möchte, mit in Ihr Heim und stimmen sie sorgfältig ab mit dem übrigen Mobiliar. Bei einem Glas Whisky blättern Sie amüsiert oder mit kurzem, mildem Interesse darin herum, bisweilen lesen Sie Gästen nach dem Essen daraus vor, die Ihnen zum Dank das Kunstverständnis des Gastgebers rühmen werden. Und dann? Irgendwann – verzeihen Sie diese grausame und doch banale Prophezeiung –, irgendwann sterben auch Sie! Und das Buch, das ohnehin bald 300 Jahre älter ist als Sie, steht dann völlig ungerührt im Regal. Gut, es landet wieder einmal bei einem Antiquar, und der Kreislauf beginnt von vorn. Ein zehnter oder zwanzigster Eigentümer wird amüsiert darin blättern. Und auch ihn wird das Buch überleben. Immer neue Menschen, die heute noch so stolz besitzen, verwehen wie die Blätter, die ein kräftiger Eichbaum im Laufe der Jahrhunderte so unermüdlich treibt und lautlos fallen läßt ...«

Der alte Mann bricht verwirrt seine Rede ab. Dies alles, er bitte um Verzeihung, habe er eigentlich gar nicht sagen wollen. Und was er sagen wollte, bringt er nun so komprimiert heraus, daß Erik sich die Geschichte einer plötzlichen Versuchung nur mit viel eigener Phantasie lückenhaft zusammenkombinieren kann. Der hastig davonstürzende Mann war offenbar schon früher einmal in dieser Höhle, bei diesem Antiquar gewesen, ohne etwas konkret anbieten zu wollen, wohl nur um für ein besonderes Objekt den Markt zu testen. Ob das Werk eines italienischen Geistlichen aus dem 13. Jahrhundert, so hatte er leise und vage angefragt, oder eine mittelalterliche Handschrift, reich und sehr schön illustriert, eventuell zehn-, vielleicht sogar zwanzigtausend Dollar einbringen könne? Nicht er, ein guter Freund trage sich mit dem Gedanken, dieses Buch zu verkaufen, umständehalber. Der Freund habe sich zu sehr geniert, in dieser peinlichen Sache selbst vorbeizukommen, die Entschlossenheit zum Verkauf sei aber groß.

Der Händler hatte, wie er sich genau erinnert, dem Mann über den Rand seiner Brille ganz fest ins Gesicht gesehen, so fest, daß dieser den Blick nur mit Unbehagen habe ertragen können. Und er habe ihm gesagt, eine solche Handschrift – auf rechtmäßige Art erworben und sachverständig auf den Markt gebracht – könne durchaus auch mehr, viel mehr einbringen. Das Buch müsse er aber sehen.

Und heute plötzlich, Monate nach seinem ersten Besuch, habe der fast schon vergessene Anbieter eines ungewöhnlichen Schatzes wieder in seinem Laden gestanden. Tatsächlich, aus einer Plastiktüte habe er

Atemberaubendes hervorgekramt. »Das Buch, glauben Sie mir, ich habe in meinen 50 Jahren zwischen Büchern ein solches Meisterwerk nicht in Händen gehalten. Eine so frische, berührende Begegnung mit dem Mittelalter, die Schrift sauber und eigenwillig markant, die Bilder leuchtend und rein auf goldenem Grund, kraftvoll und lebensprall die Figuren! Der Teufel ist der tragische Held des frommen Werkes, mal mit grausam verschlagenem Blick, mal in so menschlich tiefer Verzweiflung, daß den Betrachter das Mitleid mit dem Bösen packen kann.«

Er hatte geradezu wie im Rausch in dieser Handschrift geblättert: frühes 15. Jahrhundert, noch kurz vor Gutenbergs Revolution. Ein Mönch muß in diesen Zeilen, ein naives Genie in diesen leuchtenden Bildern die ganze Leidenschaft eines klösterlichen Lebens gebündelt und der Nachwelt zugeworfen haben. »Es war«, und in der Erinnerung spricht der Antiquar wieder mehr zu sich selbst, »es war ein starker, den ganzen Körper durchpulsender Strom der Gefühle, die Fingerspitzen zart über die Seiten streichen zu lassen.«

Aber dann war der Zauber jäh zerrissen. Auf alle Fragen nach der Herkunft der offensichtlich echten und eigentlich unbezahlbaren Handschrift hatte der Anbieter keinen Hinweis, keine Vermutung, nicht ein Wort der Erhellung oder Erklärung von sich gegeben. Er wollte 50 000 Dollar – bar, keine Fragen, keine Antworten. »Vielleicht«, so schließt der versonnene Büchermann seine Geschichte, »habe ich den großen Fehler meines Lebens begangen. Vielleicht bin ich am Auftrag meines Lebens gescheitert. Aber daß dieser große Augenblick in einem stillen, den Büchern geweihten und für die Verhältnisse unserer Zeit ja auch schon mönchischen Dasein mit der Versuchung gekoppelt sein mußte, mich auf meine alten Tage noch in Böses zu verwickeln – das nehme ich dem Leben übel. Das Buch war mit Sicherheit gestohlen.« Er habe auf den Verführer eingeschrien, als wäre er der Teufel. Als wäre der Satan persönlich in diesen kleinen Laden getreten, um seine Memoiren anzubieten. Von hier ab kannte Erik die Geschichte.

Als er, von klassischer Musik getragen, wieder an die Oberfläche der Erde und zurück ins Leben rollt, hat er die Chronik vom seligen Sterben der Mönche unter dem Arm. Der alte Mann hatte ihm abgeraten, hatte ihn ausdrücklich von der moralischen Verpflichtung unter Bücherfreunden entbunden, irgend etwas kaufen zu müssen. Alles, was er ihm schulde, habe er durch sein Zuhören bezahlt. Aber Erik hatte fest auf diesem Kauf bestanden.

Draußen ist es wieder kalt, hektisch und laut, es riecht nach Auspuffgasen und billigen Fetten. Der Mann, der auf dem Bürgersteig gesessen hatte, ist verschwunden. Dunkelheit liegt über den Schluchten zwischen den Wolkenkratzern. Aus dem Schaufenster leuchtet das Bild mit dem gelben Himmel und dem ländlichen Pfad. Es hat seinen Zauber verloren. Künstliche Lichter geben der Millionenstadt einen seltsamen Charme. Begründen könnte er es nicht, aber plötzlich findet Erik die Welt hier oben irgendwie erfrischend.

Julia

Der Morgen ist heiter. Und die wärmende Sonne ist Julia. Sie ist, wie sie es immer tut, wenn sie nachts erst spät aus der Klinik kommt, als erste wieder aufgestanden, hat die Kaffeemaschine angeworfen und ihren erst spät in den Schlaf gekommenen Mann mit der Aussicht aus dem Bett gelockt, es lohne sich einfach nicht mehr weiterzuschlafen. Kein Traum sei so schön wie das Frühstück zu zweit. Erik hatte dies in den zwanzig Jahren ihrer Ehe stets eingesehen und war gut dabei gefahren.

Zunächst hat ihre Hinwendung den Blumen gegolten, wie an jedem Morgen. Sie hat ihnen Wasser gegeben, ein bißchen mit den Fingerspitzen durch Torf und Erde getastet, die Blätter prüfend zwischen Daumen und Zeigefinger gestreift, jede einzelne Pflanze ernsthaft betrachtet und mit ihr geredet, meist aufmunternd, manchmal auch tadelnd, weil, wie sie Erik immer wieder ins Gewissen ruft, auch Pflanzen eine Seele haben und weil sie spüren, ob ihre Umgebung von ihrer Schönheit oder ihren Kümmernissen Kenntnis nimmt. Das kleine Eukalyptusbäumchen zum Beispiel, das immer etwas kränkelnd die Blätter rollt, mal weil zuviel, mal weil zu wenig Wasser seine Wurzeln näßt, mal zuviel, mal zuwenig Licht auf seine Blätter fällt, bekam auch an diesem Morgen schon seine Lektion, das Leben doch etwas robuster und optimistischer anzugehen.

Nun sitzt sie in ihrem bunten Morgenrock auf dem Korbstuhl vor dem großen, hölzernen Tisch, hat die Füße unter dem Po gekreuzt und ist einfach ansteckend lebensfroh. Warum, das ist Erik nie recht klargeworden. Der Beruf als Kinderärztin und Chirurgin in einem der führenden Krankenhäuser der Stadt hat ihr schon so manche enttäuschte Hoffnung gebracht, so manche Niederlage. Das helle, heitere Kinderlachen, das sie zweifelnden Eltern noch kurz vor einer unumgänglichen Operation versprach, ist eben doch oft ausgeblieben. Was immer das an Narben in Julias Seele hinterließ, sie trägt das allein aus. Es gab ja auch viele tapfere Siege.

»Sieh mal, dein Bruder hat uns geschrieben«, muntert sie ihren noch ziemlich verschlafenen Mann auf, »mit eigener Hand die Adresse auf das Kuvert gemalt. Er denkt an dich, er ist ein Mann der Familie. In den dreißig Sekunden, die ein schönschreibender Mensch einfach braucht, um seinem Bruder Aufmerksamkeit entgegenzubringen, sind Amerika mindestens zwei neue Bürogebäude verlorengegangen. Das sollte dich nachdenklich und dankbar stimmen.«

Zynisch ist Julia eigentlich nicht. Eher auf eine liebevolle Art amüsiert, wenn der Anlaß es hergibt, wenn diese oder jene Alltäglichkeit sich allzu vorherschaubar entwickelt. So wie sie es im Gespräch mit ihren kleinen Patienten versteht, aus jeder noch so forsch vorgetragenen Geschichte die eigenen kleinen Verletzungen herauszuspüren, die Sehnsüchte und Eifersüchteleien, und die blühende Phantasie zu durchdringen, hinter der sich die wahren Gefühle zu verbergen suchen.

Erik und Ralf, welch ein biblisches, sich stets wiederholendes, nie ganz beendetes Märchen des Lebens! Daß sie so völlig verschieden seien, die Brüder, hat Julia immer bezweifelt. Damals, als die junge Medizinstudentin beide kennenlernte, war ihr Ralf, der Ältere, klarer durchschaubar erschienen, formbar und offen und auf der Suche nach einem Menschen für die bedingungslose Gemeinsamkeit. Eigentlich war ihre Aufmerksamkeit zuerst auf ihn gefallen, und dann hatte sie sich doch für den jüngeren Bruder entschieden, für Erik, dessen Hilflosigkeit und Verträumtheit sie so seltsam herausforderte und berührte. Und dabei hatte sie vom Anbeginn dieser Freundschaft stets das Gefühl, es könnte im Kern von Eriks Wesen noch eine harte Schale mehr zu durchbrechen sein als bei dem forschen, erfolgreichen Bruder. Sie spürte da eine Mauer, von der sie nicht einmal mit ihrem sonst so sicheren Instinkt ahnte, was wohl dahinterliegen könnte.

Erik, allmählich wach geworden, unterdrückt seine Neugier auf den Inhalt des Briefes. Allzu beiläufig legt er ihn neben Zeitung und Kaffeetasse und beginnt, von seinen Expeditionen am Vortag zu erzählen. Von dem Bild im Schaukasten der Galerie, von den Höhlen der Antiquitäten. Gewisse Impressionen und Gedanken im Gespräch mit der Dame im Jagdkostüm läßt er aus. Ja, und dann das Kriminalstück in der Grotte der Bücher. Was geschah mit ihm, daß ihn die kleine Gaunerei so bewegte? Ist es im Licht eines neuen, frischen Morgens und unter der Sonne von Julias Heiterkeit nicht eben nur ein Gezänk alter Männer gewesen? Was geht ihn denn jener Bücherdieb an, der vom Podest seiner Tugend stürzte? Was der Antiquar und dessen angestaubte Moral? Überhaupt: Welche Bedeutung haben schon Bücher vor dem Ernst des Lebens?

Julia lauscht seiner Erzählung und mißtraut wohlwollend seinen Zweifeln. Denn zu viele Bücher liegen rundherum in der riesigen Wohnung, stapeln sich die Wände hoch wie Ziegelsteine. Das gestohlene Buch, dieser Rausch des Blätterns in leuchtenden Bildern, wie ihn der Antiquar beschrieben hatte, will ihr wie ein Stück von Erik selbst erscheinen. Ganze Mauern einer über Jahrzehnte gesammelten, weniger kraftvollen Literatur stürzen plötzlich ein, um den Blick auf das wahre Meisterwerk freizugeben: das Buch, das bisher nie im Handel war, dem die Jahrhunderte nichts anhaben konnten, das man nur schauen darf, wenn man sündigt.

Nun ist es an Erik, amüsiert zu sein. Er schüttet Julia Kaffee nach, küßt sie auf Nacken, Ohr und Mund, indem er den Topf mit dem heißen Getränk spielerisch über ihrem Kopf jongliert und so seiner manchmal etwas zu tiefwühlenden Frau jede Möglichkeit zu wildem Protest oder gar abweisender Bewegung nimmt. Das Thema ist erledigt. Erik greift nach dem Brief und liest ihr vor, was der Bruder geschrieben hat: »Erik, ich brauche Deine Hilfe! Gib Julia einen Kuß von mir und überrede sie, mit Dir einen kurzen Ausflug nach Jamaika zu machen. Ein paar Tage nur. Wenn ihr wollt, auch auf ewig. Du siehst, die Wirtschaft kennt durchaus schöne Horizonte! Wir kaufen ein Hotel in Ocho Rios. Ich möchte Dein Urteil. Gefällt Dir dieses Stück Paradies, oder gefällt es Dir nicht? Rede mal mit dem Besitzer und stell Dich einfach vor, erzähl ihm von Bachmann Enterprises. Irgend etwas Nettes sollte Dir schon einfallen, Dir gehört ja fast ein Drittel unseres Imperiums. Und dann schreib mir zwei, drei Zeilen, das wär's. Joyce hat alles fest im Griff. Sag ihr nur, wann Ihr fliegen wollt, sie wird alles nach Euren Wünschen organisieren. Wie geht's Dir, Bruder? Du siehst blaß aus, das seh' ich aus der Ferne und durch alle Wände hindurch mit meinem untrüglichen Blick. Du grübelst zuviel. Nimm Dir ein Beispiel an Julia, sie arbeitet hart und wird immer schöner. Bleibt gesund und denkt gut von mir. Ralf.«

»Er nimmt deinen Beruf nicht ernst«, wirft Julia lächelnd ein. »So ein Baulöwe und Großfinanzier kann sich keine Vorstellung davon machen, welche Verantwortung auf den Schultern eines Kulturkritikers lastet. Tagaus, tagein die Menschheit vor schädlichem Einfluß zu bewahren und die edleren Triebe zum Blühen zu bringen. Um das gleich klarzumachen: Ich kann nicht mit. Nichts gegen Jamaika und nichts gegen Bachmann Enterprises, aber mindestens für die nächsten sechs Wochen läßt mich der Operationssaal nicht los. Und wie ich die Wirtschaft kenne, kann bis dahin die ganze Welt schon von den Japanern erobert sein. Oder sind es die Koreaner, die unsere Schwächen nutzen? Wie auch immer, du mußt allein segeln.«

Für ihn ist das Angebot halb verlockend, halb fragwürdig. Daß Ralf so plötzlich seinen Rat brauchen sollte, erscheint ihm ein bißchen suspekt. Warum nicht die üblichen Steuerhaie und Anlageberater konsultieren? Was schön ist, hat sich doch bisher klar aus den Bilanzen ergeben. Was soll da das Urteil eines verträumten Bruders?

Auch daß Julia nicht mit will, stört ihn sehr. »Du bist dir doch hoffentlich der Gefahren bewußt, einen Ehemann einsam ins Paradies zu verstoßen. Das Meer ist blau, und laue Winde streichen über die Palmen. Die Kokosnuß der Sünde schaukelt verführerisch über den weißen Stränden der Karibik. Wohl da dem Mann, der seine Eva schon erobert hat, den Fels der Tugend an seiner Seite! Auch wir beide sind natürlich noch immer nicht ganz gefeit gegen Versuchungen, doch nach langen Ehejahren wohl im Rahmen des eben noch Schicklichen. Es wäre also ratsam, einen

Kollegen zu bitten, dich wegen dringlicher Familienangelegenheiten für fünf oder sechs Tage im Operationssaal zu vertreten.«

Sie streift ihr langes Haar zurück und lenkt dadurch den Blick schamlos auf das, was unter dem nur locker zusammengehaltenen Morgenrock ins Freie drängt. Sie schiebt die Lippen vor, was ihr stets etwas Unschuldiges und gleichzeitig Raffiniertes gibt. Oberhalb ihrer kleinen, spitzen Nase zeigt sich ein Grübchen. »Ich weiß, ich weiß, du möchtest wohl schon«, schnurrt sie mit tiefer Stimme. »So weit ist das Feuer noch nicht erloschen. Aber bei den Träumen wird es bleiben. Denn nicht ich würde dich nach einem Sündenfall aus unserem Paradies vertreiben, sondern du selbst würdest es tun. Ich kenne deine Furcht vor Verrat und Sünde. Das liebe ich an dir. Ich bin bereit, es mit Jamaika aufzunehmen.«

Sie nimmt seinen Kopf in beide Hände, küßt ihn zart ganz oben auf die Stirn, was seinen Blick, seine Nase und seine Lippen sanft unter ihren Morgenrock drückt und so seine Sinne auf eine wohlige Art auf zwei pralle, überzeugende Argumente konzentriert.

Vom Ruhm Gottes und dem Gesetz der Wirtschaft

In der Ferne blinken Glas und Beton. Scharfe Kanten, die an einem stahlblauen Himmel kratzen. Ralf Bachmann hat seinen Jeep auf einem Feldweg angehalten. Links ein Bach, eher ein Graben, rechts ein paar kränkliche, zerzauste Kiefern und dann in jeder Richtung Ackerland. Ein dunkelgrauer Teppich hügelauf und hügelab, eine Windhose zieht in einiger Entfernung ihre staubige Bahn.

Ist es hier, oder ist es nicht an dieser Stelle gewesen? Von einem Farmhaus keine Spur. Er hatte geglaubt, sich in dieser Gegend auszukennen, instinktiv, so wie eine Taube, die man im verdunkelten Käfig tagelang herumgefahren hat, den heimatlichen Schlag ganz unbeirrbar wiederfindet. Etwas enttäuscht ist er schon. Aber nicht sentimental oder bedrückt oder kindheitsversunken. Es kommt ihm so vor, als habe er schließlich alles gewußt, den Lauf des Lebens klar vorhergesehen. Dies mag oder mag auch nicht jener Bach gewesen sein, der von der Schule im Dorf zu seinem Elternhaus führte, und der für zwei Landjungen in ihren pubertären Phantasien die Grenze zwischen Heim und Abenteuer war. Wenn er es ist, dann jedenfalls gibt es das Dorf nicht mehr, und von einem Farmhaus – dort irgendwo rechts müßte es liegen! – keine Spur. Auch der Wald ist nicht mehr da, der früher so dicht und dunkel schien, geheimnisvoll, lockend, bedrohlich. Heute ist die Welt, seine Welt, überschaubar und klar. Jeder Horizont und jedes Abenteuer sind vermessen. Hinter jedem Wald liegt ein Highway, jeder Highway führt zur Stadt. Und jede Stadt ist mit Autos, Hubschraubern und regelmäßig startenden Düsenjets mit jedem Punkt der Erde verbunden. Jedes Geheimnis ist kalkulierbar, jede Bedrohung klären die Rechtsanwälte. Ängste und Stimmungen befallen Ralf Bachmann nur manchmal im Traum. Doch wenn er erwacht, dann gehorchen die Menschen, und dann gehorcht auch die Natur wie auf Knopfdruck den Befehlen des Verstandes und des Geldes. Sein Blick schweift über die Kulisse seiner Jugend: Acker, nur staubiges Land in einem winterlichen Licht, von einem Weg und einem Bach durchschnitten. Keine Menschen, keine Häuser, keine Zäune. Nichts, woran Träume hängenbleiben könnten.

Natürlich, dort hinter ihm die Ausläufer der Stadt. Wie ein Gletscher, der sich langsam vorschiebt in das dunkelgraue Meer. Und irgendwo vorn in entgegengesetzter Richtung – hinter einer der langen, sanften Wellen –, da müßte bald der nächste Gletscher am Horizont aufleuchten: die nächste City, die nächste Metropole, die langsam, aber unerbittlich die graue Öde in sich aufsaugen wird.

Was ist Land? Was ist Natur? Wie oft hatte er in den

frühen Studentenjahren seinen kleinen Bruder mit den neuen, im Großstadtleben plötzlich aufgeloderten Ansichten schockiert, mit Amerikas klarer und unverträumter Kosten-Nutzen-Berechnung, die Stärke und Fortschritt bedeutete. »Land ist ein roher Stoff wie jeder andere auch, Erik«, hatte er gesagt. »Das wird täglich im Wirtschaftsalltag bewiesen. Etwas, das seinen Preis hat und aus dem der Mensch ein edleres, moderneres, teureres Produkt formen kann. Wie aus Eisen, Erdöl oder Kohle. Vielleicht wird aus Wald und Acker sogar ein neues Stück Natur: gepflegtes Grün zwischen luxuriösen Wohnanlagen, der körperertüchtigende Joggingpfad, ein Golfplatz oder ein Abenteuerpark, der neuesten Fernsehserie nachempfunden. Die Menschen wollen das, und wir können ihnen diese Wünsche erfüllen.«

Um dieses Stück Land sollte es nicht schade sein. Jetzt ist sich Ralf seiner Sache sicher. Warum soll der, der neue Zivilisationen und Fortschritt schafft, der preisgerechte Träume und Gottes Schöpfung sinnvoll weiterführt, nun plötzlich innehalten, an seinen Plänen und seinem Auftrag zweifeln, nur weil das Projekt durch Fügung oder Zufall die Felder der eigenen Kindheit berührt? Er startet den Jeep und wühlt sich geradeaus durch Winterwind und grauen Staub, ermutigt und gestärkt in seiner Mission nach diesem Test der Wiederbegegnung und der Ehrlichkeit. Es hatte in einsamen Augenblicken Zweifel gegeben, und er hatte sich ihnen gestellt. Nicht weit von hier liegt nun die Farm der Getreidegesellschaft, der das alles heute gehört. Bald wird sich der Highway ausbreiten, den er aus sentimentaler Laune verließ, oder die Stadt oder irgend etwas anderes Zivilisiertes. Die Pause des Träumens ist vorbei.

Auf der Farm erwartet ihn eine buntgewürfelte Gesellschaft. Menschen mit Plänen und Funktelefonen, Korrektgekleidete in dunklem Anzug mit Schlips. Städtische Erscheinungen allesamt mit blankgeputzten Schuhen und kleinen Aktenköfferchen in der Hand oder griffbereit auf den Motorhauben ihrer Autos. Irgendeiner, der aussähe, als sei er vom Land, ist auf den ersten Blick nicht auszumachen.

Da fällt Ralfs Blick auf eine hagere Erscheinung, einen etwa fünfzig- bis sechzigjährigen Mann mit breitkrempigem, braunem Hut und einem lockeren, ziemlich schäbigen Mantel. Der Mann strahlt etwas Priesterhaftes aus, etwas Leidendes, zu äußerster Entbehrung Entschlossenes, jeder Weltlichkeit abgekehrt auf eine zutiefst überzeugte, fast schon asketische Art. Wenn überhaupt jemand aus diesem Kreis, dann müßte wohl er der Vertreter der Farmgesellschaft sein.

Man grüßt sich, geht am Fuhrpark riesiger Landmaschinen vorbei ins schmucklose Kontor. Stühlerücken, geschäftiges Gemurmel, jemand weist einladend auf eine Kaffeemaschine hin, Plastikbecher werden ausgeteilt, Karten und Pläne decken die Tische zu.

Der eine ist der Chef-Architekt, umringt von seinen Assistenten. Vier oder fünf Unauffällige im dunklen Kunststoffanzug, mit scharfgeschnittener Frisur und zu kurzen Hosenbeinen sind Vertreter von Banken, etwa die doppelte Zahl Rechtsanwälte, dann ein Steuerberater, drei Bürgermeister. Dazu eine etwas buntere, schwer zu sortierende Schar von Geschäftsführern und Männern mit wichtig klingenden Titeln, die auf Lizenzen und Unterlizenzen hoffen. Der Gouverneur hat einen Vertreter geschickt, der Abgeordnete der Region ist persönlich erschienen. Die Farmgesellschaft ist durch zwei Juristen vertreten. Die meisten kennt Ralf schon, und alle kennen ihn. Ralf hat keine Karten, keinen Aktenkoffer, keinen Plan vor sich auf dem Tisch. Das soll die alles überragende Rolle von Bachmann Enterprises unterstreichen. Nicht einmal Joyce ist an seiner Seite, um ihm mit Funktelefon am Ohr diskret und gewichtig die letzten Informationen zuzuflüstern. Die wahrhaft Großen der Wirtschaft, so hatte ihm einst sein Lehrmeister in frühen Börsenjahren mit auf den Weg gegeben, müßten wie Religionsstifter zu den Gläubigen und Gewöhnlichen reden. Kein Manuskript, keine Zettel, kein kleinliches Paragraphen- und Zahlengestrüpp hoch oben auf der Kanzel. Jedes Wort voller Schlichtheit und Kraft! Ein jeder, der es hört, müsse erfüllt sein von der festen Überzeugung, es sei der Geist der Wirtschaft und der Börse ganz persönlich, der über den Köpfen schwebt und durch die Stimme des Propheten direkten Zugang nimmt zum Verstand und zu den Herzen der Erwählten.

Zunächst sagt Ralf nur schlicht »Guten Tag« und drückt sein Bedauern aus, daß der Gouverneur nicht persönlich erscheinen konnte. Worauf dessen Vertreter herzliche Grüße an die Runde richtet, besonders an einen der engsten und besten Freunde seines Gouverneurs, den Präsidenten von Bachmann Enterprises. Der Wahlkampf alle vier Jahre – man wisse schon – sei wieder einmal auf dem Höhepunkt, doch sei das Projekt von seiten des Staates ja längst beschlossene Sache: ein Eckpunkt im Programm einer nun schon seit Jahren bewährten Regierung, mit dem ihr höchster Repräsentant bereits voller Zuversicht und Dynamik durch den Wahlkampf ziehe. Das mutige Vorhaben von Bachmann Enterprises sei die Krönung einer realistischen und verantwortungsvollen Politik, Arbeit und Wirtschaftskraft für diese Region zu sichern.

Ralf beginnt seine Rede mit einfachen, sehr persönlichen Worten: »Ich habe gestern Abend noch mit John, unserem Gouverneur, die letzten Fundamente einer großen Partnerschaft gelegt. Von jetzt an gibt es kein Zurück. Die Bürger, die Wirtschaft und die Politik sind sich nun einig über einen Highway in die Zukunft. Wir müssen diesen Weg schnell und entschlossen beschreiten. Wenn andere uns folgen wollen, sind wir schon am Ziel! Natürlich wird es noch den einen oder anderen Ängstlichen geben. Die üblichen Mäkler und Besserwisser werden versuchen, das Neue und Große zu bremsen und ein vernebeltes und verlogenes Gestern zu beschwören.«

Er macht eine Pause und läßt den Blick über sein Publikum wandern. Er spürt, daß jetzt der Augenblick gekommen ist für die schweren Geschütze der Emotionen.

»Ich komme aus dieser Region, ich weiß, wie ihre Vergangenheit war. Der Bauernhof meines Vaters hat hier ganz in der Nähe gestanden. Wir waren arm, und wir waren nicht gern arm. Mein Vater wäre stolz, wenn er sehen könnte, welche großen Pläne wir heute für seine staubigen Äcker haben. Er hat sein Leben lang hart geschuftet, seine Söhne haben ihm geholfen. Und am Ende verkaufte er die Farm für weniger Geld, als er viele Jahre zuvor dafür bezahlen mußte.«

Ralf sieht den Kurzfrisierten in ihren Plastikanzügen der Reihe nach ins Gesicht: »Es waren nicht die Banken, die uns in meiner Jugend die Früchte unserer Arbeit nahmen. Es war nicht der Staat, es war nicht Faulheit, Untüchtigkeit meiner Eltern und ihrer Söhne oder fehlendes Glück, das uns schließlich zurücktrieb in die Stadt. Wir kämpften in diesen schweren Jahren ganz einfach gegen die Gesetze der Zeit. Neue Maschinen waren erfunden, die wir uns nicht leisten konnten, Maschinen, die tüchtiger waren als die Arme eines Farmers und seiner zwei Söhne. Und der Markt war voller glänzender Möglichkeiten, Amerika brauchte Getreide und Mais. Und es war zum Segen für eine erstarkende Industrienation, daß das Brot immer billiger wurde, weil größere, hochtechnisierte Farmen ihr Getreide einfach billiger produzierten als der kleine Familienbetrieb in der Tradition des 19. Jahrhunderts.

Mein Vater war nicht sentimental, als wir ein letztes Mal auf unser Farmhaus blickten. ›Wir sind reicher geworden‹, sagte er damals zu mir, ›reicher nicht an Geld, aber an Erfahrung. Kein zweites Mal wird ein Bachmann gegen den Fortschritt und die Gesetze der Wirtschaft ankämpfen.‹ Ich habe noch seine Worte im Ohr. Seitdem bin ich immer auf der richtigen Seite gewesen. Ich habe nie gebettelt, nie gejammert und anderen die Schuld gegeben, wenn etwas nicht auf Anhieb klappen wollte in meinem Leben. Ich habe mich jedesmal nur gefragt: Wo ist vorn? Und in die Richtung bin ich gegangen!

Heute ist wieder eine neue Zeit angebrochen, und wir sitzen in diesem Zug ganz vorn. Das ist nicht unmoralisch, nicht rücksichtslos oder gar zerstörerisch. Es ist ganz einfach unausweichlich, daß wir durch unser großes Projekt gemeinsam reich, ja marktbeherrschend werden. Es eint gesunde Wirtschaft mit hochmoderner Technologie, es ist gute Politik. Es fließt im Strom der Zeit in das Meer der Zukunft. Nichts kann uns aufhalten, wenn wir unseren Mut nicht verlieren. Was wir jetzt anpacken und in die Tat umsetzen, das ist für uns alle zum Besten.

Für uns, die wir hier heute versammelt sind, für unser Land, für die Menschen!«

Der Beifall ist fast schon schulbubenhaft laut für eine Runde in dunklen Anzügen. Man klopft auf den Tisch und klopft sich gegenseitig auf die Schulter, witzige Bemerkungen fliegen über den Tisch. Nur der Hagere mit dem Schlapphut bleibt gefühlsgebremst in seinen Reaktionen, so als lasse ein Sodbrennen oder ein Trauerfall in der Familie ungestüme Gefühle nicht zu.

Der Architekt und seine Assistenten klemmen einen großen Plan an die Wand. Er zeigt das Areal zweier Millionenstädte und dazwischen weißer, toter Raum. Der Plan hat etwas Unvollendetes, Unharmonisches und unterstreicht durch das grelle, herausfordernde Weiß in der Mitte, daß hier ganz offensichtlich vergessen wurde, die dritte Stadt zu bauen. Und dann rollen und klappen bunt leuchtende Bilder von den sterilen Wänden des kleinen Raumes, phantastischer Realismus in leuchtenden Farben: antike Tempel vor Wasserfällen und moderne Skulpturen in tropischer Blütenpracht, dazwischen fröhliche Menschen an einer riesigen Bar. Walfische im Türkis einer gefluteten und doch völlig intakten Unterwasserwelt, ägyptische Pyramiden umkreisend. Ein altes Kloster in geheimnisvollen Tiefen, Menschen, die schwimmend über allem schweben oder in kleinen Glaskugeln versonnen dahintreiben. Berge mit reißender Wildwasserkulisse, Skipfade in verträumter Winterlandschaft, ein gewaltiges bayrisches Schloß, eine kleine Tiroler Kapelle, aus der weihnachtliche Lichter glänzen.

Weihnachtsschnee und tropischer Sommer Seite an Seite das ganze Jahr. Im Prinzip hat eine von der Werbung verwöhnte, nach Unterhaltung lechzende Menschheit derartige Spektakel ja schon gesehen. Aber noch nie so gewaltig, noch nie so total. Die Hotels und Restaurants, die Golf- und die Tennisplätze, ganze Wälder unter gläsernem Dach. Da und dort alte Bekannte aus Filmen und Ferntourismuskatalogen: antike Ruinen vom Forum Romanum, aus Paris das »Maxim's«, der höchste Tempel aus Bangkok, harmonisch mit Mönchen besetzt in tiefer Versunkenheit.

Am stärksten berauscht ist Ralf von einem Swimmingpool unter tropischen Bäumen. Luftwurzeln hängen in das blaue Bassin, römische Göttinnen und Helden aus Marmor geben der Kulisse einen unwirklichen, anheimelnden Kontrast. Schwarze Diener in weißen Uniformen servieren Tee und kühle Getränke, Gäste dösen in Liegestühlen, im Hintergrund, durch einen zerfallenen steinernen Bogen, sieht man das Meer.

Es gibt sie, Ralf hat diese tropischen Gefilde schon einmal betreten. Damals wußte er bereits, daß dieses geheimnisvolle Dunkel, umgrenzt von strahlender Helligkeit, sein ganz persönlicher heiliger Raum werden sollte. Ein Tempel für eine außergewöhnliche Erscheinung, eine Frau von klassischer Schönheit, verwundbar und traurig, die er unter diesen tropischen Bäumen zum ersten Mal traf. Für sie hatte er nach einem Rahmen gesucht in der Welt, die er neu schaffen wollte. Fern von allem Billigen und Ordinären, von Armut, Verwahrlosung und Zerfall. Das Edle und Schöne wollte er vereinen. Ja, wenn es nicht so anmaßend klänge, er wollte Gottes heruntergekommene Schöpfung sanieren auf dem staubigen Acker seiner Jugend.

Über den Namen dieses größten und teuersten seiner bisherigen Projekte hatte er lange gegrübelt. Wie wichtig ist doch der richtige Name, wenn es um kühne Ideen geht. Von Symphonie bis Oase, Sonnenauf- bis Sonnenuntergang hatte er gedanklich alle paradiesischen Versprechen durchgekostet und – vorbehaltlich der Zustimmung der Banken – stand nun auf den Bauplänen und Finanzierungsentwürfen: »Noahs Club«.

Das Wort »Club« kennzeichnet das Besondere und Exklusive: Nicht jeder darf rein. Das hat in einer Demokratie der prinzipiell Gleichen eben doch einen unwiderstehlichen Reiz. Und »Noah« schlägt in der Seele eines jeden Amerikaners diese ganz besondere Saite an: den Traum, das Leben noch einmal von vorn zu beginnen. In seinen frühen Überlegungen zu diesem Projekt wurde Ralf auch bisweilen von dem Gedanken beschlichen, daß, was auch immer schiefgelaufen war im alten, bisherigen Leben, Leute wie er nicht ganz unschuldig waren an Fehlern in der Entwicklung. Aber schließlich bestätigte auch diese dunkle Ahnung nur die Richtigkeit seiner These.

Der Architekt jongliert mit Zahlen: Quadratmeilen und Rauminhalte, Sonnenenergie und Rückfluß von ständig geklärtem Wasser, Parkplätze, Schwebebahnen, computergesteuertes Klima. Fast eine Vorstadt für die Versorgungsbetriebe, denn alles, was Krach macht und riecht, sollte draußen bleiben in der normalen, der fehlerbehafteten Welt. Über das Finanzielle fällt kein Wort in dieser Versammlung. Das müssen die Banken, das muß die Börse mit ihren Geldanlegern regeln. Und plötzlich steht der Hagere mit dem priesterhaften Flair auf und stellt sich mit dunkler, fester Stimme als Frank Fergusson vor, Präsident der Sunrise-Gruppe, marktführend im Konzipieren und Unterhalten von Erholungsressorts der Luxusklasse. Ralf muß sich alle Mühe geben, ein spontanes Bedürfnis zu lachen in sich hineinzuwürgen.

Fergusson unterstreicht die Härte des Marktes auf dem Vergnügungs- und Unterhaltungssektor. Preiseinbrüche auf den Billigmärkten, Buchungsrückgänge, Krise im Kreuzfahrtgeschäft. Der Wunsch nach reinem Vergnügen und ganz persönlicher Erholung sei im Rahmen weltweiter Unsicherheit und immer rücksichtsloserer Konkurrenz dramatisch zurückgegangen. Ralfs Heiterkeit beginnt in Ratlosigkeit, dann in Wut umzuschlagen. Wut nicht auf diese Vogelscheuche, Wut auf Joyce, die dieses Treffen hier organisierte und der es nicht hätte unterlaufen dürfen, daß solch ein Prediger des Unheils auf einer so wichtigen Versammlung erscheinen und auch noch reden darf.

Die nächsten Sätze von Fergusson bekommt Ralf in seiner Erregung nicht ganz mit. Er hört irgend etwas von harter Arbeit, Disziplin und Pflicht, vom zweiten Brief des Paulus an die Korinther: »Erkennet Euch selbst im Glauben. Es sei denn, daß Ihr untüchtig seid ...« Ralf starrt auf das Bild mit dem tropischen Swimmingpool und spürt den Wunsch, den Eiferer darin zu ersäufen.

»Erfolg als die treibende Kraft«, sagt Frank Fergusson, »das ist die Prüfung Gottes an die wahrhaft Gläubigen und Tüchtigen.« Erfolg sei eine von Gott auferlegte Pflicht, dies brauche sichtbaren Ausdruck, brauche Symbole. Und seine Gesellschaft, die Sunrise-Gruppe, verdanke ihren Erfolg nicht gottlosem Bemühen, den Menschen zu Genuß und Müßiggang zu verführen. Doch die repräsentative Entspannung sei eine gesellschaftliche Pflicht. Hier liege in der Argumentation etwas sehr dicht zusammen, das nur die wenigsten verstünden und durchschauten.

Ralf sieht verstohlen in die Runde, um den Verlauf der Stimmungskurve zu testen. Die meisten zeigen keine besondere Rührung, schauen gleichmütig vor sich hin. So wie auf einer großen festlichen Versammlung, wo plötzlich ein Geistlicher im Programm auftaucht, um irgendeiner Bibelstelle den besonders tiefen Sinn zu geben, über den sich noch niemand den Kopf zerbrochen hat.

Und wieder nimmt Fergusson Paulus zum Zeugen, den zweiten Brief an die Korinther, nur diesmal den 9. Vers aus dem 5. Kapitel: »Zum Ruhme Gottes das Perfekte schaffen!« Ralf stellt mit Erleichterung fest, daß der Mann nun endlich doch noch den richtigen Weg gefunden hat. »Kein wirtschaftlich erfolgreicher Konzern«, so schließt der Mahner gegen Genuß, Glück und Vergnügen seinen Ruf nach dem größten und teuersten Vergnügungspark der Menschheitsgeschichte ab, »kein wirtschaftlich tüchtiger Amerikaner wird in Zukunft die Gewißheit haben können, wirklich reich zu sein, wenn er es sich nicht leisten kann, Mitglied und Aktionär in ›Noahs Club‹ zu werden. Daran wird man ihn messen. Durch dieses Opfer, in dieser Pflicht erreicht er Gewißheit über sich selbst!« Milder Beifall schließt auch dieses Kapitel ab.

Man trennt sich in guter Stimmung, jeder noch einmal die Aufmerksamkeit des großen Ralf Bachmann suchend, Grüße von irgendwem ausrichtend, Loyalität beschwörend. Die Wintersonne neigt sich zum Untergang und wirft ein rosa Licht auf die weite Landschaft. Auch auf Fergussons blassem Gesicht liegt nun ein rötlicher Schimmer. Nur in den Augen kein Leuchten, kein Funke, keine Ergriffenheit vom schönen Augenblick. »Sie sind der Abenteurer, ich bin der Mönch des modernen, erfolgreichen Wirtschaftslebens«, wendet er sich zum Abschied an Ralf mit fester Stimme und weichem Händedruck. »Aber glauben Sie mir, wir sind Mitglied in derselben Kirche. Wir verändern die Welt. Nicht zum Glück oder Vergnügen der Menschen, allein zum Ruhme des Allerhöchsten.«

Warten auf den Wind

Der Windsurfergott ruht versunken in einem alten Plastikstuhl, die nackten Füße über Kreuz dem Meer entgegengestreckt, auf einer kleinen, weißen Mauer, die die Terrasse des Hotelkomplexes vom feinen Sandstrand trennt. Welch eine gewaltige Fläche Fuß! Welch kraftvoller Spann und hornige, harte Ferse! Die Zehen eine knorrige Tastatur, die ein über das Wasser schießendes Brett mit Leichtigkeit und Präzision gegen jede noch so starke Welle stemmen und den tobenden Naturgewalten Kurs und Willen aufzwingen kann.

Verstohlen schaut Erik von einem benachbarten Tisch auf diese Symbole einer ruhenden, lauernden Energie, auf die muskulöse Gestalt, einen Kopf mit kurzgeschorenem, vom Salzwasser ausgebleichtem Haar und ein markiges, keinerlei Seelenschwingungen ausstrahlendes Gesicht. Die Augen streifen beharrlich, aber ohne jede Erregung über das Meer – dorthin, wo Himmel und Wasser zusammenstoßen –, fast wie die Augen eines Adlers oder eines Bussards, die an dem Geschehen um sie herum keinen Anteil erkennen lassen und nur auf irgendwelche Impulse ganz weit in der Ferne abgerichtet sind. Bestimmte leichte Verschiebungen an jener dünnen Linie des Horizonts lassen den Surfer erahnen, ob der Wind heute noch auffrischen könnte über die mittlere Stärke hinaus, ob es vielleicht in einer Stunde oder schon früher die Mühe lohnen würde, das gelbe Segel und das leichte Brett dort aus dem Sand zu heben und den Wellen entgegenzutragen. Für den Laien ist dieses Anspringen des großen Windmotors erst erkennbar, wenn die Bemühten und Mittelmäßigen, die jetzt so vergnügt und stolz auf dem Wasser kreuzen, aufgeben und die Sicherheit festen Bodens suchen.

Erik, der im Ringen mit den Naturgewalten immer einer der Mittelmäßigen war, hatte am Ufer gestanden und nicht ohne Neid die Begnadung dieses Erwählten bestaunt. Das war am Nachmittag des gestrigen Tages gewesen, als er aus dem Taxi stieg und in die marmorausgelegte, nach den Seiten hin offene, tempelartig überdachte Hotellobby trat und einen ersten Blick über die Hänge der tropischen Anlage warf: auf einen gepflegten Dschungel aus Blättern und Blüten, auf einen Wasserfall in Jamaikas dunkelgrüner und brandroter Pracht. Das Meer hatte aus jener Höhe über den Wipfeln der sich biegenden Flammenbäume und wild peitschenden, knatternden Palmen vor ihm gelegen, unendlich weit, so schien es, ein helles, dann dunkler werdendes Türkis, quergefurcht von den weißen Schaumkronen der Wellen.

Koffer und eine um ihn bemühte Empfangsmannschaft achtlos hinter sich lassend, war er sofort den Hang hinuntergestürmt zum Meer, hatte die Schuhe ausgezogen, war barfuß am Ufer herumgestapft und hatte den Versuch unternommen, den Horizont der tobenden Urgewalten über das gelbe Segel jenes einen Surfers zu vermessen, der ruhig und weit und breit allein seine weiße Spur in ein aufgewühltes Wasser stemmte. Regelmäßig, irgendwo in der Ferne, klappte das gelbe Segel um, und der Surfer änderte den Kurs. Erik suchte jedesmal den Augenblick zu erraten, in dem der Tollkühne wohl wieder halsen müßte, hielt die Hand zum Schutz gegen die schon tiefstrahlende Sonne über die Augen und mußte sich überaus konzentrieren, den kritischen Sprung nicht zu verpassen. Da der Wind vom Land her wehte, kam der Surfer lange Zeit kaum näher ans Ufer heran als eine Meile, und Erik war wohl an diesem tropischen Nachmittag der einzige am sicheren Ufer, der die Präzision solcher Manöver erahnen konnte, der schon selbst einmal, wenn auch bei eindeutig schwächerem Wind und nur selten mit nennenswerten Erfolgen versucht hatte, in den sich gegeneinander verschiebenden, sprühenden Wellenbergen einem dahinschießenden Brett unter den Füßen eine neue Richtung zu geben. Nun stand er in tiefem Respekt vor dem Mut, ja der Kühnheit jenes einsamen Surfers, der es wagte, weit draußen auf dem großen Wasser seinen einzigen festen Halt, das Segel, an dem der Sturm saugte und riß, freizugeben an der äußeren Hand, nur locker am Mast zu halten und im absoluten Vertrauen auf die Gesetze der Bewegung umklappen zu lassen von einem Element, dessen Kraft der Segler listig nutzt, während es doch eigentlich danach wütet, die bunte Feder mit dem kleinen Menschen darauf in seinem sonst leergefegten Revier hochzuwirbeln und reinzupatschen in das große Tosen, bis sich der Schnipsel nicht mehr rührt.

Erik kämpft nun mit der Versuchung, seinen Helden auf dem Liegestuhl anzusprechen, ihn doch wenigstens wissen zu lassen, daß er ihm am Vortag ein so fachkundiger Bewunderer war. Doch irgendwie ermuntert ihn der Anblick des Surfer-Gottes nicht zur Kommunikation. So schweifen seine Augen über das friedliche, türkisfarbene Meer, auf dem Segler in kleinen Sunfish-Booten gemütlich kreuzen. Die Bootsverleiher haben ihnen gelbe Schwimmwesten übergestreift, was ihrem Ausflug wenigstens einen Hauch des Seemännischen und Verwegenen gibt. Zwei junge Leute stehen mit gekrümmtem Rücken auf ihren Surfbrettern. Mal fällt einer vornüber ins Segel, mal platscht ein anderer rückwärts ins Nasse, was die in der Sonne ausgestreckten Gäste am Ufer mit hämischen oder wohlmeinenden, alles in allem aber albernen Ratschlägen von Laien begleiten, die den Zauber eines jeden Wassersportes vor allem darin vermuten, nicht unmittelbar mit dem Wasser in Kontakt zu kommen. Der Windsurfer-Gott blickt mit steinernem Gesicht über all dies hinweg zu fernen Horizonten.

Nicht, daß es ihm nicht gefiele in dieser karibischen Szenerie. Nur ist Erik immer noch nicht klar, was er hier eigentlich soll. In seinem Zimmer, neben der Schüssel mit den tropischen Früchten, hatte er einen Umschlag mit einer goldgerandeten Karte vorgefunden, auf der in einer etwas altbackenen Sprache stand, daß der Besitzer des Hotels, Mr. Roberts, sich freuen würde, ihn zum Abendessen zu sehen. Erik hatte zugesagt.

Und so wartet er nun auf den Abend. Der Wind würde heute gewiß keine dramatischen Vorstellungen mehr geben, das gelbe Segel am Ufer bleiben. In großer Höhe zieht ein Flugzeug an der Sonne vorbei und verschwindet in tropischen Wolken, taucht wieder auf, verschwindet wieder.

Die Wolken sind stille Gebirge, scharf in den Kontrasten, dazwischen verwischtes Grau. Eriks Phantasie beginnt zu spielen. Dort links über der kleinen Felseninsel ein riesiger Kopf – eine Frau, eine Sphinx, weiß, schwarz, ein leichtes Rosa auf den Spitzen des Haares. An irgend jemand erinnert die wolkige Gestalt. Ist es die Frau, die er nie traf in seinem Leben, klassische Schönheit, strenge Göttin der Antike, leichtlebige Jamaikanerin? Bist du es, Julia?

Er blinzelt ins Licht mit zusammengekniffenen Augen, ein Strandkrebs bewegt sich auf ihn zu. Aluminiumglitzernde Rohre starren um ihn herum nach allen Seiten. Aus dem milden, grobkörnig verstrahlten Licht schält sich die Gestalt eines Strandwärters heraus, eines untersetzten, älteren Jamaikaners, zu dessen Pflichten es zählt, zu später Nachmittagsstunde die Stühle und Handtücher wieder einzusammeln, die die blassen oder rotgebrannten Gäste aus dem winterlichen Norden im Laufe des Tages über die Bucht verstreuten. Mal findet er seine Stühle unter der Palme wieder, mal an der Uferlinie, schon vom Wasser umspült. Er sammelt sie ein mit der Geduld einer Gouvernante, die es längst aufgegeben hat, darauf zu hoffen, die ihr anvertrauten und letztlich ja auch von ihr verzogenen Kinder der Herrschaft könnten eines Tages doch noch von Einsicht und menschlicher Rücksicht befallen werden und ihre Spielsachen selbst wieder zusammentragen. Und so hat er sich auf eine bizarre Weise sechs oder gar mehr dieser fast unverwüstlichen Stühle über die Schultern gelegt und bewegt sich mehr seitwärts als geradeaus durch den Sand und das seichte Gewässer.

Die ersten Gäste sind schon abgezogen vom Strand, um sich für abendliche Expeditionen herauszuputzen, einige lesen, einige sind eingeschlafen. Selbst die Kinder sind zu schläfrig, um Ball zu spielen oder sich zu streiten. Ein leichtes Rauschen der Wellen, mal ein Zirpen der Palmenblätter, im Blick des Strandwärters die Ruhe des Meeres. Der Windsurfer-Gott löst seine muskulöse Gestalt vom Stuhl und stakst auf eine eckige, verspannte Art seinem ungenutzten Segelbrett entgegen. Es ist, als zwinge man ein Rennpferd gewaltsam zu langsamer Bewegung, so offensichtlich ist die gebremste Kraft. Ein Tag geht zu Ende, und die Natur ist einem Kräftemessen mit ihm ausgewichen. Mit der rechten Hand hebt er das Rigg mit dem gelben Segel über den Kopf, unter den linken Arm klemmt er das kleine Brett und, um selbst dem leichten Wind keine Angriffsflächen zu bieten, geht er, dem Strandwart und den Krebsen gleich, auf schrägem Kurs über den Strand zum Hotel.

Eriks Blick folgt dem gelben Segel, und plötzlich läßt er ab von seinem Helden. Ein anderes Bild kreuzt die Spur, eine späte Besucherin, die in der Gegenrichtung zum Wasser strebt. Langes Haar flattert, wenn sie den Kopf herumwirft, unwirklich rotes Haar im späten Sonnenlicht. Abrupt und trotzig ist die Bewegung der unbekannten Schönen. Als sich ihre Augen begegnen, beschleicht ihn ein unerklärliches Gefühl. Ist es ein Erahnen von Glück, ist es ein Hauch von Resignation? Aus ihrem Blick sprüht ein merkwürdiges Feuer in dieses schläfrige Paradies, kämpferisch und doch voller Traurigkeit, ein Blick ohne jede Illusion.

Erik sieht ihr nach, wie sie leicht und schnell ins Wasser läuft, eintaucht in die sich brechende Welle, hindurchschießt wie ein Pfeil und wieder auftaucht mit glänzendem Haar und auf einer schmalen, silbrigen Bahn dem Horizont entgegenkrault. Die Wolken sind dunkler geworden. Aus einem Loch in der Mitte eines dieser Gebirge über dem Meer fällt purpurnes Licht wie ein Wasserfall. Der Wind hat dort oben am Tor zum Himmel schon wieder neue Märchenfiguren und Gesichter zusammengeschoben. Eines davon –

ganz nah am Wasserfall des Lichts – zieht ihn ganz besonders an. Es ist, da ist sich Erik ganz sicher, das Gesicht einer Frau, die vor wenigen Augenblicken zum ersten Mal durch sein Leben lief.

Daniel Rosenstrauch

In jedem halbwegs zeitgemäßen Milieu, unter jeglicherlei Gesichtspunkten, ist der alte Herr Rosenstrauch eine seltsame Erscheinung. Wie er da aufrecht sitzt in seinem schwarzen Anzug mit der silbergestreiften Krawatte, die Teetasse zwischen Daumen und zwei Fingern der linken Hand, sauber gescheitelt das dunkle Haar in so würdigem Alter, etwas traurig sein Blick auf nichts Bestimmtes. Julia ist gerührt vom Anblick eines solchen Abgesandten längst vergangener und möglicherweise nicht einmal damals ernsthaft so gewesener Zeiten in diesem bunten New Yorker Trubel.

Da brandet mit großer Gewichtigkeit eine Welle verzückten Partygeschwätzes an der schwarzen Erscheinung vorbei. Frauen mit hohen Frisuren in preiswert-vornehmen Kleidern und Frauen in T-Shirts und Tennisschuhen, Männer in bunten Westen, saloppen Sakkos und verschwitzten Oberhemden sitzen und stehen in der kleinen Kaffee- und Gesellschaftsecke des Hotels und werfen sich ihre Erregungen zu: Selbsterlebtes und Zugetragenes, Niederschmetterndes und Prahlerei, Neues und Altes, mehrmals schon Ausgetauschtes kommunikativ auf den neuesten Stand gebracht.

An jedem Wochenende irgendwo findet ein solches Buchhändlertreffen statt, die Messe der wandernden Antiquariate, und einmal im Monat macht die Karawane ihren Halt in diesem plüschigen Hotel in einer Seitenstraße des Broadway im unteren Manhattan. Früher muß es einmal ein nobles Hotel gewesen sein, jetzt hat es den Kurs zwischen moderner und gediegener Eleganz auf halber Strecke verloren. Der eine oder andere Kronleuchter ist wohl noch von alter und solider Schwere, der eine oder andere Spiegel entlang der Wände schon eher billig und nachgemacht, vom Stuck an den Wänden könnte ein Laie nicht eindeutig sagen, ob er aus Gips, Holz oder chemischer Paste ist. In jedem Raum irgend etwas Goldgerahmtes, mal ein rauchendes Dampfschiff in milder See, mal eine Jagdgesellschaft, hier ein bärtiger, strenger Herr im schwarzen Rock, dort eine Dame mit blassem, gleichgültigem Gesicht. Die Teppiche sind aus abgeschabtem Kunststoff, eine schwer definierbare Mixtur von Gerüchen schwebt durch die Hallen. Es riecht nach Menschen, Klimaanlage und Staub, und das Ganze wird zusammengehalten von der Industriefrische eines Putzmittels, das ein Querschnitt durch das Angebot eines gehobenen Drugstores sein könnte. Der trockene Geruch von langsam bröckelnden Ledereinbänden und vergilbendem Papier schwillt an und ab, je nach Abstand von der nächsten Schlucht der Büchertische und Regale.

Nur bei oberflächlicher Betrachtung handelt es sich

um ein geschäftliches Bestreben. Selten nach einem dieser Familientreffen hat man einen der Teilnehmer im Triumph heimwärts ziehen sehen. Jeder kennt den festen Stamm der Kunden, die regelmäßig um diese Regale schleichen, in immer denselben Büchern blättern und immer dieselben fachmännischen Anmerkungen machen. Jeder kennt die forschen Ankündigungen und bedauernden Vertröstungen von der anderen Seite des Spektakels, daß dieses oder jenes gesuchte Buch noch irgendwo unter den unsortierten Beständen des Händlers lagern müsse, und daß man demnächst die jüngsten Aufkäufe von Bibliotheken speziell auf diesem wie jenem Gebiete des Sammelns katalogisieren und mitbringen werde, sofern die Zeit endlich einmal dazu reiche. »Man kommt ja zu nichts mehr in der Hektik unserer Tage«, heißt es.

Und so reifen sie gemeinsam von Woche zu Woche, von Jahr zu Jahr zu immer höherem antiquarischem Wert, die Händler und die Kunden, und die Bücher in den wackeligen Regalen natürlich auch. Mehr als alles andere ist diese schlurfende Prozession eine innige, weltabgewandte Art zu leben. Jene, die regelmäßig an solchen schummrigen Orten zusammenkommen, sind ja nicht uninteressiert an den Dingen da draußen, doch jedwedem Problem erst dann mit ganzer Inbrunst zugewandt, wenn es sich zwischen Buchdeckeln niedergeschlagen und dort ein paar Jahrzehnte oder Jahrhunderte an Charme und Weisheitswert hinzugewonnen hat.

Julia, die aus besonderem Anlaß in diese Gemeinde hineingeraten ist, tritt auf den alten Herrn Rosenstrauch zu und muß hilflos mitansehen, wie sich der Tee in seiner Hand auf dem Weg von der Tasse über die Untertasse gefährlich nah auf seinen schwarzen Anzug zubewegt, als er achtungsvoll aufspringt. »Selbstverständlich, gnädige Frau, ich erinnere mich an Ihren Herrn Gemahl«, sagt er. »Und Sie, wie sollte ich es vergessen haben, waren doch auch schon in meinem kleinen, bescheidenen Laden. Deutsche Literatur – Thomas Mann, Heine, Fontane. Mit Lessing habe ich nicht dienen können, aber Goethe, die Wanderjahre, der West-Östliche Diwan in Erstausgaben ...«

Julias Bitte, sich doch wieder zu setzen, stößt auf allerlei Hinderlichkeiten: die Suche nach einem freien Stuhl für einen plötzlich hinzugetretenen Gast, die Schwierigkeit, zum Zweck der komplizierten Operation die Teetasse irgendwo abstellen zu können, höfliches Eindringen in eine laute Nachbarschaft, verlegenes Unterbrechen wichtiger Gespräche, bis endlich in einem für solche Sorgen nur mäßig zu interessierenden Kreis der zweite Sitzplatz erobert ist.

»Ich brauche Ihre Hilfe«, eröffnet Julia den fachlichen Teil des Gesprächs. »Erik, mein Mann, wird in zehn Tagen fünfzig. Was soll man ihm schenken? Ein Buch! Na schön, aber welches? Da ist es, wie Sie sich denken können, ein bißchen schwer mit ihm. Das Buch, das er noch nicht hat, ihn aber interessieren könnte, kauft er sich selbst. Und wenn ich es ihm kaufe, ist er vielleicht schon durch diesen Umstand um den größten Teil des Vergnügens gebracht. Sie kennen das ja, der Jagdinstinkt.« Julia lächelt, um sein Verständnis werbend, und über die blassen Züge von Herrn Rosenstrauch huscht zum ersten Mal eine Spur von Amüsiertsein.

An Piranesi habe sie gedacht, an Roberts vielleicht. Der Charme der Schwermut, die heitere Idylle und der kultivierte Reiz des Zerfalls … Natürlich nicht alle sechs Bände der Streifzüge mit dem Zeichenstift durch das Heilige Land, nicht sämtliche bröckelnden Pyramiden, nicht alle versandenden Tempel Ägyptens. »Einen Band, vielleicht auch nur zwei, drei Blätter. Vom Campo Vaccino hat er oft geschwärmt, wie die Nachfahren von Eroberern und Weltbeherrschern das Forum Romanum getauft haben sollen, Triumphbögen und Säulen nach tausend Jahren Dornröschenschlaf zerbröckelnd und von Buschwerk überwachsen, das Herz eines versunkenen Imperiums, auf dem die Kühe weiden …«

Der alte Herr wird wieder ernst. »Ich fürchte, gnädige Frau, ich kann Ihnen nicht dienen. Nur Karbacher hat, was Sie suchen. Der Herr Doktor Karbacher, so wollen wir ihn doch korrekterweise nennen. Ich gehe gern mit Ihnen zurück in den großen Saal und zeige Ihnen die Reihe, an deren Ende das Ungeheuer lauert. Nur werde ich ihm nicht gegenübertreten.« Daniel Rosenstrauch erhebt sich von seinem gerade erst eroberten Stuhl, um ihr den Weg durch das Bücherlabyrinth zu bahnen.

Der eben noch schüchterne, zurückhaltende Mann hat plötzlich Mühe, seine Erregung zu kontrollieren. Er erscheint Julia noch blasser in seinem schwarzen Anzug, als er sich kurz verbeugt und dann vorangeht durch die Schluchten der Bücher. »Warum?« ruft Julia hinter ihm her und fast unhöflich laut nochmals: »Warum?« Ganz gegen ihre sonst so verbindliche Art rührt sie sich nicht von der Stelle, bis Daniel Rosenstrauch merkt, daß er ein Führer ist, dem niemand folgt.

Für einen Augenblick hat die Schärfe ihrer Frage das Partygeplauder um sie herum unterbrochen. Erschreckt blicken einige auf Julia, andere ratlos in die Runde, als sei ein Schuß gefallen. Dann erreichen die Gespräche langsam wieder den gleichen gewichtigen Pegel. Rosenstrauch zögert, geht dann ein paar Schritte voran, hin- und hergerissen zwischen dem Wunsch, einfach wegzustapfen aus der beklemmenden Situation, und dem Verlangen, stehenzubleiben und in die Welt hinauszuschreien, was ihn quält und was ihm auf der Seele brennt.

Im kleinen Park vor dem Hotel gehen sie stumm nebeneinander her. Julia, die sich nun doch ein wenig aufdringlich vorkommt in ihrem Anspruch, unbedingt etwas verstehen zu wollen, von dem sie ja ahnt, daß es sehr persönlich, sehr aus dem Rahmen fallend, möglicherweise nicht logisch sein könnte nach den

Maßstäben einer modernen, kommunikativen Generation. Sie ist ängstlich darauf bedacht, nicht erneut in einen barschen Ton zu verfallen. Daniel Rosenstrauch hält den Kopf wie ein Schuljunge gesenkt, der wieder einmal ein festes Versprechen nicht gehalten hat und in dessen Trotz sich doch auch aufrichtige Reue mischt, während er auf das Urteil und die Strafe wartet. Tauben flattern durch den Park, auf einer Bank ein schlafender Mann, sonst kein Mensch. Nur Autos, die die beiden auf ihrer Insel umrunden.

»Es ist nicht leicht, ein Schicksal zu haben wie ich«, beginnt Daniel Rosenstrauch die Beichte, während er auf seine Fußspitzen starrt. Tauben, Autos, das ungleiche Paar ziehen immer denselben Kreis. Runde um Runde wird ein Leben sichtbar gemacht, wie ein verschmutztes Mosaik, um das der Putzlappen kreist. Bruchstücke werden hell, Impressionen, ein Puzzlespiel, Teile von allerlei Vagem. Von vielem etwas, aber noch nichts ganz. Es ist schwer auszumachen, wohin das führen soll.

Goethe taucht mehrmals auf, Schiller, Lessing und Kant, die Seele einer Nation, ertastet in Bücherregalen. Hektisches hat er nie wahrgenommen, nicht das Profane. Die Zeitung hat er nur selten gelesen, damals in seiner Jugend in München. Annegret hat er heimlich verehrt, die Tochter des Buchhändlers Weinheim. Manchmal hatte er das Gefühl, schon dies sei ein Sich-Verzetteln, ein Verrat an der großen Literatur. Manchmal hat ihm der Gedanke Kraft gegeben, daß Goethe ja schließlich den Frauen so viel verdankte. In jedem Abschnitt seines Lebens die dazu passende Angebetete oder Geliebte. Aber wer war denn Daniel Rosenstrauch verglichen mit Goethe?

»Was die Deutschen getan haben, glauben Sie mir, ich kann es immer noch nicht begreifen. Es gibt Juden, spätere Generationen, die haben Lehren gezogen aus dem, was unserem Volk geschah. Unserem Volk? Ich habe doch immer geglaubt, ich sei ein Deutscher. Goethe und Schiller haben es mir gesagt und Thomas Mann und Lessing. Ich war so sicher! Auschwitz und Buchenwald, Maidanek, Treblinka. Wie konnte jemand dies tun, der auch Goethe und Schiller gelesen hatte?«

Die Dämmerung ist hereingebrochen unter einem klaren Himmel in den schon dunklen Schluchten der Stadt. Autos schieben sich immer noch um die kleine Insel. Julia und Rosenstrauch umschreiten das Reservat des Parks wie zwei Wächter, die durch ihr bloßes Dasein davor schützen, daß die brausende, hupende Woge auch noch dieses letzte Fleckchen Grün überspült. Die hohen Häuser rundherum haben im Abendlicht ihre Konturen verloren, schließen die Straßen wie riesige Mauern in ihr Gebirge mit ein. Als einziger Fluchtweg in die Freiheit erscheint noch der Himmel. Hier Goethe verstehen, hier Auschwitz begreifen zu wollen, welch seltsames, traumwandlerisches Unternehmen.

Rosenstrauchs Leben, in immer hastigeren Strichen skizziert, ist das Schicksal eines Menschen, der nirgendwo sein Zuhause fand. Vom Vater im späten Sommer 1937 mit aller Autorität gedrängt, seine Ausbildung als Bibliothekar bei einem Onkel in New York fortzusetzen, verließ er seine Heimatstadt. Er schied von Annegret mit ihren großen schwarzen Augen und langen Zöpfen, bevor er sie kennenlernen durfte in jener Innigkeit, von der er immer geträumt hatte zwischen den Büchern. Es war wohl die Schüchternheit seiner Jugend, daß er den Anlauf, ihr näherzukommen, zu lange hinausgeschoben hatte. Auch war ihm schwer ums Herz bei dem Gedanken, Goethe und Schiller zu verraten und zu verlassen, ohne zu wissen warum. Aber Thomas Mann, hatte er raunen hören, war ebenfalls unterwegs in diese neue, weit entfernte Heimat.

Seine Eltern hat er nie wiedergesehen. In den letzten Briefen an ihren Sohn hatte es dunkle Andeutungen gegeben, die er damals nicht verstand. Dann kam keine Post mehr aus München. Als Daniel Rosenstrauch gleich in den ersten Monaten nach dem Krieg nach Deutschland zurückkehrte, fand er das Elternhaus von Bomben zerstört, keine Nachbarn erkannten ihn wieder, es gab nicht mehr Weinheims Antiquariat, nicht Annegret, eigentlich niemanden, der ihm mit Gewißheit sagen konnte oder wollte, was mit einer Familie namens Rosenstrauch geschehen war. Nur ein Captain der amerikanischen Militärbehörde schilderte ihm in unerträglichen Details, wozu in Daniel Rosenstrauchs Abwesenheit Goethes Volk in der Lage gewesen war.

»Mein Problem ist, ich verstehe es heute noch nicht«, seufzt der alte Herr. Was gäbe Julia jetzt für ein Wort des Trostes, das ihr nicht einfallen will. Inzwischen ist es völlig dunkel geworden, die Lichtertupfen der Häusergebirge und Automobile umhüllen die beiden einsamen Spaziergänger auf eine anheimelnde und doch auch Gefahr verheißende Art. Es ist Zeit, den kleinen New Yorker Park zu verlassen und wieder die Nähe und Sicherheit anderer Menschen zu suchen. Vor dem Eingang zum Hotel fragt Julia schließlich: »Karbacher ... Was hat Ihr Schicksal mit Karbacher zu tun? Ist er damals einer der Mörder Ihrer Familie gewesen?«

Rosenstrauch, sein blasses Gesicht und das Schwarz seines Anzugs von der Reklame des Hotels rot überstrahlt, ist stehengeblieben. »Das Seltsame ist, ich weiß es nicht. Ich glaube es nicht einmal, er ist doch zu jung. Sehen Sie: So bin ich – ein Fossil, übriggeblieben aus unmenschlichen, uns heute sternenweit entfernten Zeiten. Die Mörder meiner Eltern, ich kenne sie nicht, ihre Motive bleiben mir ewig fremd. Doch ich hatte von nun an die Sehnsucht, wenigstens einen Deutschen zu hassen. In Karbacher habe ich ihn gefunden. Denn Karbacher meuchelt und zerstört, was mir ein Leben lang heilig war. Der Mann kauft schöne, wertvolle Bücher auf, zerschneidet sie und verkauft dann ihre Seiten einzeln. Aus wirtschaftlicher Sicht ist das ein kluges Rezept, er ist ein wahres Genie unserer Tage!«

Als sie das Hotel betreten, spricht der alte Herr wieder ganz entspannt, fast schon in geschäftlich erklärendem Ton: »Sehen Sie, diejenigen unter den Sammlern der Welt, die das Geld haben, die letzten der großen, alten Bücher zu kaufen, die wollen komplette, möglichst makellose Exemplare. Bei einem Band, dem vorne drei und hinten die wichtige letzte Seite fehlen, einem Buch immerhin, das die Jahrhunderte und all die Kriege Europas überstand – nicht völlig unbeschadet, aber doch einigermaßen intakt –, kennen reiche Käuferschichten keine Gnade. Sie halten ein solches Buch – verzeihen Sie mir den bitteren Scherz – nicht für lebenswert. Also landet so mancher leicht verletzte Kunstschatz früher oder später bei Abwrackern und Ausschlachtern wie Karbacher. Karbacher ist ein eiskalter Geschäftsmann und Rechner. Er zerlegt mit dem scharfen Messer, was besondere Liebe und Pflege gebrauchen könnte, um der Nachwelt noch weitere Jahrhunderte erhalten zu bleiben. Denn weniger reiche, aber begeisterte Sammler, die sich aus einer Nürnberger Chronik, aus einem Roberts oder Piranesi nur eine, zwei oder drei hübsche Seiten leisten können, sind ja in großer Zahl auf dem Markt. Karbacher lebt davon, schöne Bücher zu zerteilen. Jede einzelne von 200 oder 300 noch heilen Seiten einer Inkunabel verkauft er für hundert oder gar tausend Dollar. Und selbst wenn er nur fünfzig Dollar pro Seite verlangte, so wäre es immer noch das Drei- oder Fünffache des Preises, den er für das nicht mehr ganz komplette Werk bezahlen mußte. Er kauft diese leicht lädierten Kostbarkeiten auf Auktionen oder von armen Teufeln, die Geld brauchen. Und dann zerfleddert er, was Jahrhunderte überlebt hat. Für mich ist er ein Mörder. Und daß er Deutscher ist, das macht es mir ein bißchen leichter, wenigstens diesen einen aus ganzem Herzen zu hassen.«

Befreit, fast fröhlich strebt er nun durch die Schluchten der Bücher, an Tischen und Regalen vorbei, an Händlern, müde zusammengesunken auf ihren Stühlen, an Sammlern, robust aneinander vorbeigreifend in der Furcht, daß gerade im Bruchteil dieser Sekunde der andere etwas Langgesuchtes, von dem Händler in seinem Wert völlig Unterschätztes aus dem Regal reißen könnte. In der Tür zu einem kleineren Saal bleibt Rosenstrauch stehen. »Gnädige Frau, es war mir eine Ehre, Sie heute getroffen zu haben. Sie waren sehr freundlich, sich die verkorkste Lebensgeschichte eines verirrten Deutschen mit so viel Geduld anzuhören. Dort drüben, die letzte Reihe links bis zum Ende, die beiden Stände in der Ecke: Da lauert Karbacher! Sie werden ihn sofort erkennen, und ich bin mir ziemlich sicher, auch Sie werden ihn nicht mögen. Auf Wiedersehen, gnädige Frau, und dem Herrn Gemahl alles Gute zu seinem 50. Geburtstag.«

Sie sieht ihn sich leicht verbeugen, dann wendet

sich der blasse Mann in seinem schwarzen Anzug ab, taucht immer noch einmal in der Menschenmenge auf, bis er endgültig hinter Bücherregalen verschwindet.

Julia rüstet sich nun seelisch, Karbacher gegenüberzutreten. Der letzte Tisch in der Ecke ist größer, stabiler, irgendwie professioneller als all die wackeligen Gestelle rundherum. Und der Mann, der dahintersteht und gerade einem Kunden sorgfältig zwei Blätter aus einer Mappe vorlegt, wirkt kultiviert und modisch in seiner bunten Weste. Das Hemd in einem schlichten, hellen Grün, dazu passend die Fliege. Er könnte Architekt sein, Theaterintendant oder eben Händler wertvoller Bücher. Ein grauer Bart, das schüttere Haar noch braun. Ein klares Gesicht, nüchtern, wie es ihr nun erscheint. Aber irgendwelche Züge von Gemeinheit oder gar Sadismus sind nicht auszumachen.

Es ist Roberts, was da auf dem breiten, sauberen Tisch liegt, die beiden Lithographien handkoloriert und sorgfältig auf neue Pappe gezogen: gewaltige steinerne Pharaonen mit dem Rücken an eine Art Pyramide gelehnt, die Füße im Sand verweht, die Haltung majestätisch, der Blick verklärt, halb auf diese Welt gerichtet und halb schon auf eine nächste. Julia schaut einem interessierten Kunden über die Schulter. Dieses Blatt würde Erik ganz gewiß gefallen. Das andere sicherlich auch: Hirten, die sich in einem Tempel niedergelassen haben und zwischen riesigen Säulen an einem kleinen Feuer irgend etwas braten. Was einst ein Heiligtum war, was Menschenmassen in religiöser Verzückung in langer Bauzeit für die Ewigkeit schufen, ist tausend, zweitausend Jahre danach immer noch stimmungsvoll, ein wetterfester, aber auch gruseliger Unterstand für ein paar Nomaden und ihre Kamele.

»Etwas für Sie, gnädige Frau?« wendet sich der gepflegte Mann an Julia.

»Ursprünglich wollte ich schon«, antwortet sie freundlich. »Aber nun will ich lieber doch nicht. Sie sind Dr. Karbacher, nicht wahr? Sie schlachten Bücher!« Seine Verblüffung kann sie schon kaum noch wahrnehmen. Sie hat ihn gesehen, den ihr Verbündeter Rosenstrauch so haßt, sie hat ihm gesagt, was sie sagen wollte, und nun geht sie langsam und zufrieden an Tischen und Regalen vorbei dem Ausgang zu. Für heute, so sagt sie sich, habe ich genug von Büchern.

Sie spürt nicht, daß ihr jemand folgt. Schon von Karbachers Tischen von Saal zu Saal, durch die Lobby, durch die Drehtür ins Freie. Dort, unter der roten Neonschrift, wo sie mit Rosenstrauch gestanden hatte, spricht er sie an: ein schlanker Mann, ein feines Gesicht, etwas krank, etwas verzweifelt. »Ich habe ein Buch für Sie«, sagt er eindringlich, ja fast beschwörend. »Es ist ein besonders schönes Buch, und wenn Sie es nicht kaufen, ist Karbacher seine letzte Station. Fragen Sie nicht, wo es herkommt. Im Preis bin ich schon heruntergegangen bis an die Grenze des Verschenkens. Und wenn Sie keinen anderen Grund finden sollten, dieses Buch zu kaufen, dann kann es immer noch dieser sein: Wenn Sie sich nicht seiner annehmen, wird Karbacher es tun. Und wir beide wissen, daß er es zerstört.«

Ruhig sieht er sie an, bittend, werbend, wie Geld für eine gute Sache sammelnd. Ganz ohne Scheu, Geschäftliches vor einem Hotel auf dem Bürgersteig zu erledigen, greift er in eine Plastiktüte und holt einen schweren ledernen Band heraus. Er öffnet ihn, er blättert darin. Julia wirft einen Blick auf das ihr entgegengestreckte Buch, und sie erschrickt.

»No woman no cry . . .«

Die Melodie steigt auf wie Rauch aus einer tiefen, felsigen Schlucht. Eine klagende Stimme, von Schlagzeug und elektronischer Orgel begleitet, schraubt sich vom Strand zum Hotel empor. Erik schaut von der Veranda seiner Suite den dunklen Hang hinunter. Die Nacht ist schnell hereingebrochen, nur das Meer leuchtet noch nach, da und dort von kleinen Lichtpunkten der Fischerboote markiert. Der Park unter der Veranda stürzt ab in ein lockendes, unheimliches Schwarz, nur links, etwa drei Stockwerke unter ihm, hängt eine Bühne aus Licht. Silbrig an den Rändern dieses Kegels glänzen ein paar Palmen und heben wie ein Bilderrahmen in ihrer Mitte drei Musiker hervor.

Die tropische Szene strahlt kaum Leben aus: drei palmengerahmte Schatten, die dem Betrachter den Eindruck vermitteln, sie übten eigentlich nur. Ballonförmig, überproportional groß ihre Mützen über dem knotig geflochtenen Haar, jeder in eine andere Richtung starrend, der eine auf seine Hände, der andere auf den Boden, der dritte fern in die Nacht. Das Publikum der schattenhaften Kapelle bleibt anonym im Dunkel der Hotelbalkone. Das Lied, das sie in unendlichen Strophen immer wieder spielen, hat Erik bei seinem kurzen Aufenthalt auf der Insel schon unzählige Male gehört, so oft, daß die Melodie fast ständig in seinem Kopf kreist. Monoton wie ein Naturgeräusch. Wie eine sanfte Brise in den Palmen, wie Orgelspiel. Wie das müde Rauschen vom Strand, anrollend und langsam ablaufend, Welle um Welle, immer und immer wieder: »No woman no cry ...«

Der schwermütige Gesang scheint auf Jamaika eine Art nationale Hymne zu sein. Erik hatte zunächst probiert, sich den Umwindungen der Seelenschlange durch die nüchterne Übung zu entziehen, die Botschaft des Textes auszumachen. Doch in diesem Bemühen kam er nicht weit. Der klagende Trost, die traurige Ermutigung an jene Frau, doch ja nicht zu weinen, findet an keiner Stelle des Liedes auch nur ein halbwegs überzeugendes Argument. Was immer der Sänger verspricht, was immer er in seiner ahnungsvollen Geliebten an Erinnerungen zu wecken sucht, am Ende würden ja doch ihre Tränen fließen.

Jamaika, welch ein verwunschenes Paradies, Sinnbild für die Unfähigkeit des Menschen, auf dieser Erde glücklich zu sein. Die einen kommen für ein paar Tage aus weiter Ferne angeflogen in der Illusion, dem Streß und der Hektik ihrer Heimat entfliehen zu können. Und jene, denen Jamaika tagtäglich Heimat ist, empfinden ihre Sonneninsel als Ort der Strafe und Verdammnis, als Babylon, Symbol biblischer Sünde. Ihre jungen Leute in den farbenprächtigen Maskeraden träumen sich fort in die seltsamsten Religionen, in ein ihnen völlig unbekanntes Afrika ihrer Väter.

Leise unter der Veranda streicht die dunkle Gestalt eines Wächters vorbei, die Oasen des Reichtums gegen das Meer der Armut und der Kriminalität zu schützen. Ein bißchen verspielt hantiert er an einem klobigen Revolver und hält Ausschau nach verdächtigen Gestalten, die er daran zu erkennen lernte, daß sie aussehen wie er selbst. Sollte der Mann jemals das Unglück haben, einen festnehmen oder erschießen zu müssen, der eindrang in diese Traumwelt, es müßte tragisch für ihn enden. Seine Freunde und Nachbarn, alle Landsleute würden letztlich diesem Lieder singen und nicht ihm.

Der nahe Lautsprecher der schattenhaften Kapelle quietscht plötzlich durch Eriks betäubtes Gegrübel. Der Organist – als sei er aufgewacht – drückt lauter auf seine Bässe, um den Mißklang zu überdecken. Ein leichtes Gerumpel, ein paar verwirrte, sich darüberschiebende Akkorde, und schon gleitet das Lied wieder in den festen monotonen Bahnen. Alles ist, was es doch eigentlich immer war unter der gleißenden Sonne und im scharf abfallenden Dunkel von Jamaika, der sinnlose Versuch, seinem Schicksal auszuweichen. Wieder und wieder und noch einmal, während das Meer rauscht und der Duft von Oleander und Jasmin durch den tropischen Abend schwebt: »No woman no cry« – Was hilft alles Trösten, was hilft alles Weinen? – Der Dichter dieser Zeilen ist tot. Viel zu jung ist er gestorben. Sänger, Revolutionär, ein Priester und Prophet ist er gewesen. Aufgewachsen ohne den Vater in einer Hütte auf der Plantage, herangereift in den Elendsquartieren der großen Stadt, schickte er mit der elektrischen Gitarre seine Botschaft um die Welt, Lieder von Liebe und Rebellion, von Hoffnung und Leid, von Sonne und Regen. So viele weinende Frauen hat er hinterlassen, so viele vaterlos aufgewachsene Kinder, so viele Lieder und Platten, so viel schnell versickertes Geld, so viele unerfüllte Träume. Es liegt ein Fluch auf Babylon, dem selbst der Prophet nicht entrinnen konnte.

Erik hat sich einen leichten, hellen Sakko angezogen, dazu ein leuchtendes, offenes Hemd und eine weitgeschnittene dunkle Hose. Und so geht er in legerer Eleganz an angestrahlten Palmen und rotblühenden Büschen vorbei zum Haupthaus der Hotelanlage. Aus der zum Hang und zum Meer hin offenen Bar dringt ihm eine laute, unangenehme Stimme entgegen, die die Musik auf weiten Strecken überdeckt, die fast schmerzhaft einschneidet in das sanfte Klanggewebe einer karibischen Nacht. Erik tritt ein, die Quelle des Mißklangs wird offenbar. Es ist er! Er, der nie sprach, den Erik so bewunderte in seinem Schweigen. Der Bezwinger des Windes und der Meeresgewalt, der Kantige, Einsame – Eriks Windsurfer-Gott sitzt an der Bar und ist hinweggespült von einem Rausch der ordinärsten Prahlerei.

Die Lektion, die er zwei jüngeren Gästen – wahrscheinlich Europäern – in börsengeschäftlichen Strategien erteilt, ist aufdringlich und schrill. Erik, der sich in einer Distanz von einigen leeren Stühlen einen tropischen Cocktail bestellt hat, erfährt im Zeitraum von nur zehn Minuten eine ganze Serie finanzieller Heldentaten und Katastrophen, und alle immer nur mit einer Lichtfigur besetzt, und die ist der Erzähler. Der Rest sind Schurken, Dummköpfe, Versager.

»Mit mir nicht!« habe er einem total unfähigen Makler glashart ins Gesicht geschleudert, und so überdröhnt es unharmonisch die Musik, das Meer und die Zikaden: »Wenn ich fünfzigtausend sage, dann meine ich auch fünfzigtausend!« Er sei jedesmal gnadenlos in seiner Professionalität gewesen, sie, die anderen, hätten hilflos und kleinlaut vor seinem Genie geschlottert. Die Hände, die mit so viel Leichtigkeit und Eleganz den Sturm bezwingen, fahren nun an den respektvoll erblaßten Nasen seiner Zuhörer vorbei. Stellvertretend für die, die diesem Surfer je im Weg waren, richtet sich der ausgestreckte Zeigefinger mal auf den Gast auf dem Barhocker links und mal auf den staunenden Trinker daneben. Die beiden haben nicht viel beizutragen zu dem, was man Gespräch nennen könnte. Nur da und dort ein kurzes Stöhnen der Bewunderung, das dem Erzähler den Startwind gibt zur nächsten Geschichte.

Erik spürt, wie sich seine Ernüchterung, ja seine Verachtung langsam vom prahlerischen Schwätzer auf dessen dumpfe Verehrergemeinde verlagert. Wenigstens an der Bar sollte das Leben doch gnädigen Ausgleich gewähren, sollte jeder wackere Trinker das natürliche Verlangen haben dürfen, auch selbst einmal ein Held und Sieger zu sein. Wozu dem Tiger und dem Hai auch noch im beschaulichen Eckchen eine Arena schaffen, um anzugeben und herumzuschwätzen? Erik zahlt, seine Gastgeber warten. Die auf der Einladungskarte vorgegebene Zeit zum Abendessen hat bereits die Marke der höflichen Verspätung überschritten.

Auf dem Weg durch den Park der angestrahlten Palmen trauert er um einen in seiner Seele so schnell wieder fortgewehten Gott. Der, den er anbetete, war die großen Gefühle nicht wert. Ein Paket von Muskeln, gestählt zu Lasten von Herz und Verstand. Und doch, so denkt der Mann der Bücher mit schmerzlichem Humor: Was ist Kultur, was ist schon Bildung gegen eine Powerhalse?

Im leichten Wind aus der geöffneten Tür weht Erik langes, zurückgeworfenes Haar entgegen. Ein Duft von geheimnisvoller Strenge verwirrt ihn. Eine dunkle, klangvolle Stimme stellt eher fest als daß sie den Eintretenden begrüßt: »Guten Abend, Sie sind reichlich spät!« Und schon schiebt sich ein zierlicher älterer Herr in das Zeremoniell, überaus höflich seiner Freude Ausdruck verleihend, daß es dem Gast möglich gewesen sei, so kurzfristig seine Termine umzustellen und die Einladung zu diesem bescheidenen Abendessen anzunehmen. Das duftende Haar flattert fort, und der Hausherr geleitet seinen Gast durch einen Salon und dann durch eine weit aufgeschobene Glastür wieder hinaus ins Freie zum nächsten Park.

»Meine Tochter Annette«, stellt der weißhaarige, etwas kränklich wirkende Gastgeber die trotzig Verschwundene vor und rangiert in hastigen Schüben so allerlei Erklärendes und Beschwichtigendes aneinander: »Es ist plötzlich doch noch dieses und jenes dazwischengekommen heute – Gäste reisen nicht ab, und die neuen sind schon eingetroffen. Umbauten in der Lobby, die einfach nicht fertig werden wollen. Ich hoffe, Sie werden vom Krach nicht gestört. Meine Tochter kümmert sich einfach um alles, um das Hotel und ihren alten Vater. Leicht hat sie es nicht, seit meine Frau vor drei Jahren starb. Sie will in allem perfekt sein. Alles soll auf die Minute klappen – und das auf Jamaika! Manchmal habe ich den Eindruck, sie will die ganze Insel neu ordnen, die freundlichen, verspielten Menschen zu Disziplin und Pünktlichkeit erziehen. Die Ungeduld der Jugend, welch eine Strenge mit der Welt ...«

Erik setzt in etwas tapsiger Hilflosigkeit ein verständiges Lächeln auf und übermittelt herzliche Grüße seines Bruders. Verwirrt im Arsenal seiner Komplimente über Jamaika und diese Hotelanlage stochernd, stolpert er wie ein Schauspieler, der seinen Text nicht kennt, ja, der sich über das Stück erst im Augenblick des Auftritts seine Gedanken macht, in den nächtlichen Park und auf die angestrahlte Bühne.

In schäumendem Weiß und hellem Türkis an den

tieferen Stellen des Beckens leuchtet ein gewaltiger Swimmingpool. Steinerne römische Göttergestalten markieren die Ecken und bewachen die Marmortreppen zum Hinunterschreiten in den Wolkentraum dieses Bades. Eine Grenze zwischen Luft und Wasser ist schwer auszumachen. Das Licht der starken Scheinwerfer flackert aus dem vom warmen Abendwind leicht bewegten Weiß und Blau und strahlt von unten gegen die Kronen gewaltiger Bäume. Die oberen Äste und Blätter gehen über in das Schwarz der Nacht. Luftwurzeln hängen herab ins Helle wie knorrige Leitern zum Himmel. Dazu das Konzert der tropischen Geräusche. Ein schwarzer Diener in weißer Livree erfragt mit leiser Stimme die Wünsche der Herrschaften für die Cocktails.

Der Hausherr und sein Gast überhäufen einander mit Höflichkeiten. Vom Herrn Bruder und dessen bewundernswerten Erfolgen ist die Rede, von Sonne und Wind und den Härten des Winters in einer weit entfernten, großen Stadt. Und während Erik dieses Vorspiel zu einer ihm rätselhaften Inszenierung mit all den wohlerprobten Floskeln der Partygeschwätzigkeit absolviert, rüstet er sich in gespannter Erwartung für ein Duell mit einem Herausforderer, der schon beim ersten Aufeinandertreffen zu erkennen gab, daß er die Regeln des lediglich Höflichen zu brechen gedenke.

Ihr Auftritt ist undramatisch und brav. Sie reicht das Tablett mit den Getränken: »Für unseren Gast der Campari-Orange, für dich deine Milch, Papa.« Und plötzlich zieht sie wie eine Hosteß alle Themen noch einmal aus der Versenkung hervor, die gerade schon besprochen und erledigt waren: das Wetter hier, das Wetter dort, die paradiesische Landschaft Jamaikas, wobei natürlich die schreckliche Armut nicht zu vergessen sei. Ja, und der Wind könne manchmal recht heftig sein in diesen Regionen, worauf dann aber doch schnell wieder die Sonne scheine. Nach dem Befinden des Herrn Bruders erkundigt sie sich nicht, wohl aber nach dem der Frau Gemahlin, die leider nicht mitkommen konnte auf diese Reise.

Erik gewinnt nun wieder Vertrauen in die zunächst verwirrende Situation. Er betont unverbindlich und unermüdlich seine Bewunderung für das Schöne und seine Betrübnis über die dunkleren Seiten des karibischen Alltags. Er nimmt Anteil an allen Empfindlichkeiten eines Magens in der tropischen Hitze und nutzt das Bedauern über das Verhindertsein seiner Frau, nun schon zum dritten oder vierten Mal zu preisen, was alles sie leider versäume. Es folgen der Salat, eine geeiste Gurkensuppe, als Hauptgericht Roastbeef, zum Nachtisch Früchte, vom Weißlivrierten unter der kritischen Aufsicht der Dame des Hauses stets von der richtigen Seite serviert und korrekt wieder abgeräumt. Erik gefällt sich in der Rolle, alles nach dem ersten Löffel oder Gabelbiß zu loben. Die junge Frau lächelt bescheiden.

»Das Angebot von Bachmann Enterprises ist verlockend«, beginnt der Hausherr den kritischen Teil der Unterhaltung. Die Tochter schenkt den Kaffee ein, ernst und stumm. Erik nickt in verständigem Schweigen. Was sollte er auch sagen, er kennt ja die Summe nicht und nicht die Konditionen. Ein wenig macht es ihn wütend auf Ralf, der sich so selten mal Zeit und Mühe nimmt, ihn, den kleineren Teilhaber am Geschäft, in derart profane Dinge einzuweihen. »Mach einen guten Eindruck« oder so ähnlich war seine Order in jenem Brief gewesen, der Julia und ihm auf den Frühstückstisch geflattert war. Und Erik hatte das Ticket genommen und war geflogen. Natürlich richtet sich seine Wut auch gegen sich selbst. Warum hatte er nicht das geringste Interesse gezeigt am tieferen Sinn dieser Expedition?

»Sie verstehen, daß ich es in guten Händen wissen möchte«, fährt der alte Herr fort. »Dieses Hotel ist mein Leben. Ich glaube, daß es auch heute noch zu den ersten Häusern der Karibik zählt. Zugegeben, kein Golfplatz und nur drei Tennisplätze. Aber wer wirklich den Komfort und die Erholung sucht, wer ein Empfinden hat für Leistung und Stil, für das Schöne, Persönliche, Kultivierte, also jeder Gast mit Geschmack und natürlich mit einem gewissen finanziellen Hintergrund, der findet hier, was ihm keiner der amerikanischen Plastikpaläste bieten kann. Nun ja, dem nach schnellem Reichtum Strebenden, Hastigen und seiner fernsehzerstreuten Familie fehlt vielleicht das Umtriebige, die glitzernde Reklame am Eingang, die Tag und Nacht in alle Himmelsrichtungen ausstrahlt, daß dies das allermodernste Hotel der Erde sei mit dem größten Prestige. Nein, die Film- und Fernsehzelebritäten besuchen uns nicht. Aber das ist nun einmal die Arroganz des wahrhaft Exzellenten, daß es so oft im Kleid der Bescheidenheit an uns herantritt. Und der, der den Blick für das Echte nicht hat, läuft vorbei.«

Erik versagt sich jedes heuchlerische Kompliment. Er sieht die leicht zitternden Hände des alten Herrn und schweigt. Die Tochter des Hauses ist still in der Küche verschwunden. Blau und weiß flackert das Licht über dem Swimmingpool, die Zikaden musizieren. »Ich bin sicher«, bricht Erik schließlich das Schweigen, »daß mein Bruder mit diesem Hotel sehr ernsthafte Pläne hat. Welche genau, das weiß ich nicht. Denn ich muß Ihnen gestehen, ich bin in einem Imperium des Bauens und der Finanzen der kleine Bruder, zuständig für das Verträumte, ein Mann der Bücher, des Theaters, der Kunst. Ralf ist der Realist, der Held der Managermagazine und Börsen, der Zauberer großer und immer größerer Projekte. Aber so viel kann auch ich Ihnen sagen: Wir besitzen keine Hotels, dieses wäre das erste. Üblicherweise sind es Flughäfen, ganze Stadtteile und Industrien, auf die mein Bruder sein Auge wirft. Ich verspreche Ihnen, daß ich ihn fragen werde und daß er mir ehrlich Auskunft geben wird: Warum gerade dieses Hotel? Ich weiß, daß auch Ralf seine Träume hat. Auch wenn er nur selten dazu kommt, sie zu träumen.«

Am Pool entdeckt Erik plötzlich die Tochter des Paradieses, Lichtflecken huschen über ihr ernstes Gesicht und das lange, dunkle Haar. Aufgestützt auf den marmornen Torso eines bärtigen Gottes schaut sie ins Wasser, als suche sie dort das Orakel. Mit einer Fußspitze schiebt sie sanft Blätter vom Beckenrand auf den Rasen. Wahrscheinlich, vermutet Erik, hat sie dort schon eine Weile gestanden und zugehört. Hätte er das gewußt, wäre er vielleicht nicht ganz so rückhaltlos im Urteil über sich und seine seltsame Rolle gewesen.

»Ich verrate Ihnen gewiß nichts Neues«, klingt es vom Wasserbecken herüber, »Ihre Firma hat nicht den besten Ruf! Ich habe mir alles zusammenstellen lassen, was Zeitungen und Magazine in den letzten Monaten und Jahren über Bachmann Enterprises druckten. Danach wurde vieles entwickelt und aus dem Boden gestampft, was besser unberührter Boden geblieben wäre. Es mag wohl jedesmal die Börsen in einen Gewinnrausch getrieben haben, doch für uns ganz gewöhnliche Menschen, für Tiere und unsere gequälte Erde kann ich die große Verbesserung nicht sehen. Ich mache mir Gedanken über das Werk meines Vaters, wenn Sie und Ihr Bruder dieses Familienhotel übernehmen. Sie mögen ein sympathischer Mensch sein. Aber was zählt Ihre Stimme, was zählen Ihre trostreichen Worte! Bei so einem Verkauf geht es doch nur um das nüchterne Reale.«

Nun reizt es Erik, zu widersprechen. Fast hört er sich selbst mit Erstaunen zu, wie er das Schaffen seines Bruders preist. Er schildert Ralf als ein Talent, geheime Wünsche zu erspüren, die Wünsche der Menschen, der Wirtschaft, der Zeit.

»Nichts, aber auch gar nichts in diesen Dimensionen«, sagt er, »könnte jemals erfolgreich sein, wenn es nicht von der heimlichen Sehnsucht, ja auch den Träumen der Menschen getragen wäre. Die Industrien unserer Zeit sind anders zugeschnitten als noch vor zwanzig, dreißig Jahren. Der Computer hat neue Welten entdeckt, und das Alte muß seinen Platz darin suchen. Was Bachmann Enterprises immer wieder gelingt, ist, Geld, Ideen, den Strom der Zukunft und uralte Träume zusammenzuführen. Jeder soll auf seine Kosten kommen: die, die gut wohnen und arbeiten möchten – glücklich leben, um es mal etwas poetisch auszudrücken – und die, die solche Menschen brauchen. Als Mitarbeiter oder als Kunden. Und wieder andere haben das Geld, um die Träume zu finanzieren. Mit Gewinn für sich und mit Gewinn für alle Beteiligten. Entschuldigen Sie, ich bin ein bißchen ins Märchenhafte geraten. Aber ich hoffe auf Ihre Nachsicht. Was spricht dagegen, daß die Bachmann-Brüder, jeder auf seine Art, überzeugt sind vom Sinnvollen, Nützlichen ihrer Unternehmungen? Ralf und ich, wir sind zusammen auf dem Land groß geworden, und allzu unterschiedlich sind wir nicht. Das Leben will es nur manchmal so, daß sich der eine mehr in sich selbst zurückzieht, während der andere im Geschäft das Genie ist. Entschuldigen Sie bitte meinen Eifer. Ich bin nicht hier, um Sie in dieser Sache einzulullen. Ich fände es schade, wenn Sie sich gegen Ihren Willen entschließen würden, Ihr wunderschönes Hotel, das Lebenswerk Ihres Vaters, zu verkaufen. Sie werden es tun, wenn Sie sicher sind, Sie sollten es tun. Nur fehlt diese Überzeugung, dann bitte ich Sie, tun Sie es nicht.«

»Wie nobel, wie weise gesprochen«, sprudelt es unter blitzenden Augen hervor. Sie geht auf Erik zu, den Kopf leicht zwischen den Schultern eingezogen, als rüste sie sich zum Sprung gegen einen Feind, der ihr Revier bedroht. »Natürlich müssen wir verkaufen! Wenn unser Wunsch der Lenker Ihrer schönen, neuen Welten wäre, dann könnten uns alle Börsen und alle Computer samt Bachmann Enterprises gestohlen bleiben.«

»Annette, genug! Ich habe dir schon vor Tagen gesagt, du hältst dich zurück. Was wir beide zu besprechen haben, das können wir in der Familie besprechen. Ich verbiete dir, in diesem Ton mit unserem Gast zu reden.« Der alte Herr hat sich straff aufgesetzt, kein Zittern der Hände mehr, etwas Farbe ist zurückgeströmt in das feine, blasse Gesicht. »Ich bitte Sie, solche Ungezogenheiten zu überhören. Zu den Verirrungen unserer Zeit gehört es auch, daß sich junge

Menschen nicht mehr zusammennehmen können. Sie wissen sehr wohl, was sich geziemt, denn gut erzogen sind sie ja, aber sie haben beschlossen, sich einfach darüber hinwegzusetzen.« Und zum ersten Mal zieht ein ironisches Lächeln über sein Gesicht, während er seiner Tochter fest in die Augen sieht: »Du bist wie diese Leute an den Hebeln der Wirtschaft, über die du fernab auf Jamaika so gern und verächtlich dozierst. Wie war das doch? Nicht Bildung sei das Merkmal ihrer Branche, so pflegtest du mich zu belehren, nicht Intelligenz und nicht Fleiß, sondern Aggressivität, das Brechen jeglicher Regeln, vor allem die des Anstands. Du solltest ernsthaft erwägen, mein Kind, selbst Börsenmaklerin zu werden. In schlechtem Benehmen nimmst du es doch mit ihnen auf. Du siehst, dein alter Vater hört dir aufmerksam zu, wenn du mit der Welt nicht zufrieden bist.«

Sie ist an ihn herangetreten, streift mit den Händen über seine Schultern und massiert sie sanft. Dann legt sie ihr Gesicht zärtlich auf seinen Kopf, küßt sein Haar und setzt sich schweigend neben ihn.

»In einem hat meine Tochter recht«, nimmt der Gastgeber wieder das Wort. »Wir wollen nicht verkaufen, wir müssen. Meine Gesundheit läßt nach, aber das ist nicht das stärkste Argument. Die Geschäfte gehen nicht gut. Wozu soll ich Ihnen etwas vormachen? Ihre Experten haben die Lage gewiß schon analysiert. Unser Hotel entspricht nicht mehr unserer Zeit, um es in Ihren Worten auszudrücken. Der hohe Übernachtungspreis ist nicht so sehr das Problem, es ist die Mischung der Gäste. Mehr und mehr wurden wir im Laufe der Jahre gezwungen, auch Umtriebigen und Kurzurlaubern entgegenzukommen, und damit verstören wir den Stamm unserer Gäste. Im Wettbewerb um den anspruchsvollen, kultivierten Erholungssuchenden liegen wir vorn. Aber dieser Markt gibt nicht mehr genug her, um das Haus zu allen Jahreszeiten auch nur annähernd auszubuchen. Unsere langjährigen treuen Gäste werden ohnehin älter oder sterben dahin. Und die jüngeren, unterhaltungssüchtigen Gäste werden nicht recht heimisch bei uns. Manchmal kann ich es nur mit größter Mühe unterdrücken, dem einen oder anderen, der seine Enttäuschung nicht verbergen kann, den Rat zu geben: Sehen Sie dort rechts in der Bucht die bunten Lichter des ›Caribean Palace‹? Zweitausend Betten und sieben Bars, die ganze Nacht Kasino, Show und Hitparade, Musik und Stars, die Sie gewiß aus dem Fernsehen kennen werden. Was hält Sie hier? Ich gebe Sie frei. Schnell ab dorthin, folgen Sie dem Ruf der Partytrommeln! – Es ist nun mal so«, sagt er, wieder ganz seinem Gast zugewandt, »wir passen nicht mehr recht in diese Zeit, wir haben ein Problem, und wir werden es nicht lösen.«

Und lächelnd, aber mit einer zornigen Glut in den dunklen Augen, fügt die Tochter hinzu: »Und ob ausgerechnet Bachmann Enterprises die Retter unseres kleinen Paradieses sein werden, daran haben wir unsere Zweifel. Doch das soll keine Kritik sein, Papa. Ich bin sicher, Herr Bachmann hat schon verstanden, was uns bekümmert.«

Erik nickt und blickt über den leuchtenden Pool in die schwarze tropische Nacht. Er sieht auch die Augen, die auf ihn gerichtet sind, die zusammengepreßten Lippen und spürt die Heftigkeit ihres Atems. Eine Erscheinung von strenger Schönheit, wie eine, ja wie die schönste dieser steinernen Statuen am Swimmingpool. Eine Göttin, die das Unheil heraufziehen sieht und es nicht abwenden kann. Eine verwunschene Königstochter, deren Warten auf einen Ritter in Traurigkeit umgeschlagen ist. Und Erik fügt sich in die Einsicht, daß er für eine so tapfere Rolle nicht die Talente hat.

Langsam löst sich die Anspannung, und man spricht nun wieder über Artigkeiten. Der Hausherr bittet, dem Bruder Grüße auszurichten. Er habe wohl bemerkt, daß es dem großen Mann der Wirtschaft in diesem Hotel sehr gefallen habe. »Hätten wir mehr Gäste wie ihn, mir wäre um die Zukunft nicht bange.« Und Erik wird zum ersten Mal klar, daß Ralf also hiergewesen ist. Nicht seine Aufkäufer und Agenten, er ganz persönlich war hier! Und irgend etwas muß seine Seele angerührt haben. Aber was? Und warum hat er ihn, seinen Bruder, hinterhergeschickt? Was willst du von mir, Ralf? Wie soll ich dir helfen?

Der Hausherr verabschiedet sich von seinem Gast und bittet seine Tochter, Erik durch den nächtlichen Park zum Hotel zurückzubegleiten. Über dem Swimmingpool gehen gerade die Scheinwerfer aus. Und plötzlich ist der nächtliche Himmel übersät mit Sternen, als hätten die Lichtkegel vorher alles überstrahlt. Der Mond ist nur eine schmale Sichel, und Erik gibt seiner Verwunderung Ausdruck, daß diese Sichel auf dem Rücken liegt.

»Da sehen Sie, wir im Süden und Sie im Norden, wir träumen unterschiedliche Monde an«, sagt die belustigte Stimme neben ihm. Und als ihm dazu nichts anderes einfällt, als ihr recht zu geben, fragt die Stimme nun wieder sehr ernst: »Was tun Sie eigentlich?« Dies sei eine längere Geschichte, versucht Erik auszuweichen. Und die Stimme schlägt vor, man müsse dann wohl den längeren Weg am Strand entlang nehmen. Und wenn das nicht reiche, dann eben zweimal die Runde machen oder dreimal.

Am Strand ist kaum Wind, aber das Meer schiebt hohe Wellen ans Ufer. Irgendwo weit draußen auf dem Ozean muß ein Sturm sein. Die Kronen der Wellen tauchen leicht schimmernd aus dem Dunkel hervor, die weiße Linie wird größer und heller, bis dieses in die Nacht hineingeschwemmte Weiß mit dumpfem Donnern am Ufer verlöscht. Sie sitzen auf der kleinen Mauer, die die Terrasse vom Sandstrand trennt. Dort, wo Erik am Nachmittag seinen inzwischen entthronten Gott auf den Wind warten sah. Hinter ihnen leuchten noch ein paar Fenster des Hotels. Die Palmen wedeln sanft vor der Tapete der Sterne.

»Sie haben recht, aber Sie haben es auch leicht, so

streng mit uns Städtern zu sein«, sagt Erik. »Hier, vor den Gewalten der Natur, wird der Mensch doch Tag für Tag auf das Unendliche gestoßen. Auf sich selbst als kleinen Teil von etwas, das grausam und faszinierend ist. Als Sandkorn in einem großen Ganzen, das er nie verstehen wird. In der Stadt ist alles Wichtige durch tausend Ablenkungen verstellt. Der Mensch verliert jeden Maßstab und rennt in seinem Käfig hin und her. Wir werden getrieben von Telefonen und Terminen, von Geld und falschem Glanz und Nichtigkeiten. Wer merkt schon in New York zwischen den Wolkenkratzern, daß es am Himmel so unzählige Sterne gibt? Gott hätte seine Mühe, sich in eine Talkshow einzuschleichen, wenn er den Menschen etwas sagen wollte. Und wahrscheinlich würde diese Show keine sehr hohe Einschaltquote haben. Wir New Yorker sind verwöhnt.«

»Was tun Sie?« beharrt der Schatten neben ihm. »Was treibt Sie? Was hält Sie davon ab, so zu leben, wie Sie wollen?«

Der leichte Wind weht ihm den Duft ihrer Haare zu, die Wärme ihres Körpers, das Parfüm von geheimnisvoller Strenge. Und vielleicht um seine Sinne gegen ihren aufreizenden Spott zu trainieren, sucht er im möglichst nüchternen Erzählen Schutz. Ein kleiner Verlag, er rentiert sich nicht, eher Hobby für einen Mann aus vermögender Familie, eine Zeitschrift mit monatlich 20 000 Lesern, die Thematik Kunst und Literatur, im weitesten Sinne Lebensart. Natürlich, die Konkurrenz liegt dichter am Puls der Zeit. Er sucht sich diesen Mangel schönzureden, indem er die Auflagenstarken verachtet. Deren Anzeigen auf Glanzpapier, ihre oberflächlichen Themen, immer die gleichen Geschichten von Prominenten, die über Intimes plaudern, Partnerschaftsklatsch und Lebensbeichten, die sich auf ein paar Klischees reduzieren lassen.

»Aber was«, fragt sie, »haben Sie mit Ihrem Blatt diesen Leuten entgegenzusetzen? Was wollen Sie denn mit Ihrem hohen Anspruch bewirken? Was sind Ihre wunderbaren Rezepte?«

Erik fühlt, daß sie mit ihm spielt und ihn verwirrt. Er rückt näher an sie heran und sucht im Dunkeln ihren Blick. »Wer hat diese Antworten schon?« sagt er wütend. »Das Intelligenteste am Menschen sind seine Fragen. Warum? Warum? Weil Schriftsteller und Philosophen nie glücklich werden. Weil Musiker an der Einsamkeit leiden und Maler an ihren Grenzen verzweifeln. Und weil Politiker tausend Versprechungen machen, von denen sie wissen, daß sie sie doch nicht erfüllen können. Weil es immer noch Armut gibt und Krieg und Unrecht und Lüge und Feigheit. Und ziellos plätschert das Leben dahin. Warum? Die Antworten kennt nur Gott. Und der schaut bloß zu und bleibt stumm.«

Seine Augen blitzen, und ihre blitzen zurück. Er nimmt sich vor, jedem Satz von ihr heftig zu widersprechen, und sie ist mit all ihrer Leidenschaft entschlossen, jedem seiner Worte zu mißtrauen. Die Nacht hüllt sie ein, und zornige Hitze treibt sie einander zu. Wie das Meer, das wütend gegen das Ufer rennt. Eine Kraft, die sie hebt und stürzt und wirbelnd übereinanderschlägt und die Sinne betäubt. Die ihre Körper packt wie die schwere See und sie hilflos in der Schwebe hält für ein paar Sekunden des Lebens.

Talbot Jones

Eine gewaltige Hand streicht den Himmel ab, auf ferne Horizonte deutend. Daumen, Zeige- und Mittelfinger sind gespreizt, sanft abgewinkelt die beiden äußeren Glieder dieser über dem weiten Raum schwebenden Sonde. Im Fußballstadion mögen etwa 30 000 Menschen versammelt sein, um das Schauspiel unmittelbar und dann noch einmal in der Vergrößerung ganzer Batterien aufeinandergestapelter Fernsehmonitore zu verfolgen. »Blut«, rollt es in kraftvoll-dunklen Tönen aus den Lautsprechern in die Arena, »Blut ist die Eintrittskarte ins Paradies!«

Es ist um die Stunde, da das stahlige Licht eines wolkenlosen Tages langsam verlischt und die Scheinwerfer des Stadions und des Fernsehens aufsprießen wie Blüten. Das Glühen der künstlichen Sonnen bringt ergriffene Gesichter zum Leuchten und legt einen Schleier von Verträumtheit über die Kulisse. Es ist, als ertasteten die behutsam kreisenden Strahlen einen gewaltigen Menschenkessel in seligem Schlaf. Auch Ralf kann sich dem Zauber nicht entziehen: einem Sichgehenlassen, dem Verlangen, seinen nüchternen Verstand einmal abzuschalten, eine Grenze zu überschreiten, bereit, irgendwohin zurückzukehren, ganz klein und wieder eins zu sein mit etwas Großem.

Er fühlt sich wohl, er fühlt sich mitgenommen und geborgen. Ob nun Blut oder Glaube oder Gnade der Flugschein ist zu einer wundersamen Reise, er spürt den Wunsch, in dieser Stimmung, in dieser Gemeinschaft abzuheben, aufzusteigen wie ein riesiger Kreisel auf dem Jahrmarkt und von hoher, immer höherer Warte zurückzuschauen auf alles, was ihm Grenzen setzte.

Dort auf der Bühne, auf der Kanzel, im Kegel des Führungslichts die sportliche Gestalt: blitzend blaue Augen in einem scharf geschnittenen Gesicht, volles, schon etwas ergrautes Haar, große, schlanke Erscheinung, dunkler Anzug, dezente dunkelrote Krawatte, sehnige Hände, die sorgfältig in alle Richtungen des Stadions weisen und die sich dann immer wieder der Kamera entgegenstrecken, damit sich das Bild auf den Monitoren verhundertfache: in der Linken eine schlichte Bibel, wie sie für einsame Reisende in den Hotelzimmern liegen, den Zeigefinger der Rechten dem Buch entgegengestreckt. Er schlägt es nicht auf, sondern tastet die Quelle seiner Botschaft ab wie der Laserstrahl die magisch verschlüsselte Scheibe. Es ist, als sei das Wort Gottes über den Körper dieses Menschen unmittelbar durchgeschaltet in die Lautsprecher, in die Satellitenschüssel, in die Herzen von Millionen.

Er, der das Buch in Händen hält, ist einer der großen Namen, schon Teil des Alltags und des Lebens wie Filmschauspieler oder Präsidenten, große Sportler oder vertraute Marken, die die Fernsehwerbung alt und jung tagtäglich eintrichtert. Kein Sterblicher, tiefgläubig oder Atheist, wird von sich behaupten können, den Namen noch nie gehört zu haben. Und wenn es dem Menschen gestattet wäre, sich ein Bild von Gott zu entwerfen, es könnte in der Phantasie dieser Nation durchaus die Züge tragen von Talbot Jones.

Er spricht langsam, eine dunkle, angenehme Stimme. Was sonst kompliziert erscheint, wird auf einmal einfach und klar. Auch Jesus, so sagt Talbot Jones, ist nicht kompliziert gewesen: »Ich bin gekommen in die Welt – ein Licht –, damit wer an mich glaubt, nicht in Finsternis bleibe!« Und Ralf ist bereit zu glauben. Nicht alles, vielleicht auch nicht auf ewig, aber heute abend, solange die Lichter durch das Schwarz des Himmels schneiden und die dunkle Stimme zu ihm spricht und die Menschen über und unter und neben ihm und mit ihm gemeinsam tief in ihrem Innern ruhen.

Natürlich, manchmal sieht er dem Prediger doch auf die fernsehvergrößerten Hände wie dem Zauberer, dem der aufgeklärte Geist einfach nicht abnehmen darf, das Kaninchen könnte tatsächlich aus dem Hut gekommen sein. Für einen Theologen ist Talbot Jones unerklärbar erfolgreich. Sein Fernsehfeldzug, seine Marketingstrategien, die Art, wie er Technologie und modernste Wirtschaftspsychologie nutzbar macht für den Glauben – oder den Glauben für den finanziellen Erfolg –, dies alles ist nicht so leicht hinwegzuargumentieren. Bataillone von Journalisten haben schon versucht, dem Gottesmann Scheinheiligkeit, billige Tricks, Ausschweifung, ganz ordinäre Sünden nachzuweisen. Und alle sind gescheitert. Talbot Jones zu sein, heißt über den Versuchungen der Gewöhnlichen zu schweben. Eine Lebensregel, die Ralf nachempfinden kann. Auch jede Million für Bachmann Enterprises ist für ihn immer nur eine Stufe gewesen auf dem Weg zur ersten Milliarde, und diese dann die Leiter zur nächsten. Hingabe wie ein Gottesdienst an eine große, ehrgeizige Vision. Nie Rückschau, kein Innehalten, keine schnellen Triumphe, kein Abzweigen oder Beiseiteschaffen irgendwelcher Summen für die kleinen, persönlichen Leidenschaften. Kein Genuß, wie er ihn allenfalls Erik, seinem sich dem Lebenskampf entziehenden und dann eben doch zum Unglücklichsein neigenden Bruder milde nachsieht.

Selbst in der Liebe hatte er zurückgestanden und entsagt. Mit mir, so hat er sich über zwei Jahrzehnte alle Zweifel mühsam kleingeredet, mit mir wäre Julia nie glücklich geworden. Und ich nicht mit ihr. Ich hätte an ihrer Seite meine Mission verraten. Das Glück, das durchschnittlichen Menschen gestattet ist, wäre das Ende meiner Visionen gewesen, dieses Verlangens, in der rauhen Welt der Wirtschaft mitzureden, den Kurs zu bestimmen, Spuren zu hinterlassen. Sie hat ein Leben verdient, das offen sein muß für das

Heitere wie für das Ernste, einen Lebenspartner wie Erik. Aber vielleicht, so schweifen seine Gedanken weiter ab vom frommen Augenblick, kommt nach einem letzten großen Triumph auch für mich ein Ende dieses Zölibats, die Zeit einer Liebe auf dem Gipfel des Erreichten. Am Abendhimmel sucht er tropische Zeichen: weißglänzendes Licht aus türkisfarbenem Wasser hochgeworfen, das auf steinerne Figuren an einem Swimmingpool fällt. Und auf ein ernstes Gesicht von klassischer Schönheit.

»Es kommt der Tag, und der Mensch steigt empor und wird frei!« ruft ihn die feste, dunkle Stimme zurück in die Arena. »Schaut auf die Welt, sie kann nicht ewig währen. Was hat der Mensch aus Gottes Schöpfung gemacht? In Sünde geboren, sein Blut von Sünde durchsetzt, zieht sich die Spur seiner Verwüstung durch die Geschichte. Schon bald werden Leid und Verzweiflung nicht mehr zu steigern sein, ein völlig erschöpfter Planet ist seinem Ende nahe. Dem Ende, aber auch dem Höhepunkt! Es kommt das Gericht, schon lodern die Flammen der ewigen Verdammnis. Nur wenigen Auserwählten winkt Erlösung. Ich sehe es klar, die Bibel sagt es voraus: In uns und um uns weicht die Finsternis dem hellen Licht der Vollendung! Die Sterne werden vom Himmel fallen, und die Sonne verfinstert sich, es blasen die Posaunen. Und Jesus wird uns rufen. Nur wer das Wort hört und glaubt, der hat das ewige Leben! Nein, folgt den falschen Propheten nicht in ihre irdischen Paradiese, nicht den Skeptikern ins tote, unendliche All. Am Ende der Welt steht nicht das große kalte Nichts, sondern Gott. Er nimmt, was er geschaffen hat, zurück in seine Hand, und alles ist gut.«

Musik setzt ein, erst leiser, dann anschwellender Orgelklang. Ein Chor kommt hinzu – in schwarzen und purpurnen Roben –, es klatschen Hände, Körper wiegen sich im Takt und tragen die Welle weiter. Die Menschen strömen nach unten in die Arena, knien nieder vor dem Altar und empfangen den Segen. Dann stehen sie da und breiten die Arme aus und strahlen sich an aus innerer Bewegung. Viele knien in sich versunken zwischen den Bänken, andere stehen im Kreis zusammen und umarmen sich. Ralf wird von seiner Nachbarin, einer älteren, elegant gekleideten Dame mit freundlichem Gesicht, an die Hand genommen, um gemeinsam zu beten. Einige kommen hinzu und vergrößern den Kreis. Jeder drückt und küßt und gratuliert seinem Nächsten, als seien sie gemeinsam großer Gefahr entronnen, als habe ihnen Gott oder Talbot Jones in dieser Stunde die Augen geöffnet, alle Last, alle Sünde von ihnen genommen und ihnen das Leben noch einmal ganz neu geschenkt. Tausende, die sich noch nie vorher begegnet sind, geben sich dem Rausch des Gemeinsamen hin. Einige lachen, einige weinen, und alle sind glücklich. Im Fernsehen werden derweil Bücher und Videos und Computer-Programme angeboten, die Regie blendet Kontonummern ein. Ralf hat diese Programme schon hin und wieder gesehen. Er hat sich stets darüber amüsiert. Nun hat irgend etwas aus dem Geist oder der Laune des Augenblicks in seinem Gemüt einen Schalter umgestellt, und er entdeckt gänzlich neu, was er schon kannte. Während sich das Stadion leert und der Prediger sich zurückzieht hinter die Tribüne, nehmen sich Ordner, meist junge Leute mit strahlenden Gesichtern, der aus der Arena strömenden Gläubigen an. Sie verteilen Broschüren, geben Telefonnummern und Adressen und informieren, wann, wo und auf welchem Kanal Talbot Jones seine nächsten Kreuzzüge machen wird. Auch wenn jemand jetzt, an diesem Abend, in seinem Glauben frisch gestärkt und wiedergeboren wurde: Schaden könne es nicht, so versichern die Männer und Frauen mit den Armbinden und Broschüren, ein solches Feuerwerk für die Seele von Zeit zu Zeit zu wiederholen.

Ausgestattet mit allerlei Informationsmaterial, strebt Ralf der untersten Etage und einer Tür neben der Tribüne zu. Freundlich grüßt er jeden, der ihm verzückt entgegenkommt. Hier ein Kuß auf die Wange, dort ein Händedruck, mal ein festes, mal ein zärtliches Streicheln. Der Türwächter erwidert seine spontanen Gefühle nicht. Kritisch studiert er das Schreiben, das jener griesgrämige, offenbar magenverstimmte Prediger des Unheils, Frank Fergusson, vor ein paar Tagen Ralf zugeschickt hatte. Diesmal mit der Taube und dem Kreuz der »Talbot Jones Crusades« auf dem Briefkopf: »Talbot würde sich freuen, den Initiator des großen Projekts einmal persönlich kennenzulernen – Datum, Ort –, gleich nach dem Ende des Gottesdienstes.« Ralf wird weitergeleitet zur elektronischen Sicherheitskontrolle, und am Ende der Schleuse strahlt eine junge Frau: »Talbot erwartet Sie!«

Kahle Gänge, unter der Decke Rohre, da und dort ein Schokoladen- oder Getränkeautomat, schwarze und rote Türen. Mitglieder des Chors, ihre festlichen Roben unter dem Arm oder lässig über der Schulter, toben dem Ausgang zu. In einem Raum, in dem sonst wohl die Trainer ihren Spielern die letzten Anweisungen geben, ein Sekretariat im Zustand des Zusammenpackens. An den Wänden Stapel von Broschüren, die Telefone und Computer auf den meisten Tischen schon verwaist, eine Kaffeemaschine, zwei Fernsehapparate, auf denen weltliche Programme leise vor sich hinflimmern. Es öffnet sich eine Nebentür, und eine kräftige Hand legt sich Ralf auf die Schulter: »Bruder Frank hat mir schon viel von Ihnen erzählt. Der Herr sei mit dir, ich bin Talbot Jones!«

Im schmucklosen Raum erhebt sich von einem Plastiksofa die hagere Gestalt, die Ralf bei jener Besprechung auf der Farm erst heiter, dann wütend und schließlich völlig ratlos machte, die Karikatur religiös bestimmter, geradezu militanter Askese – Frank Fergusson. Ralf bringt es nicht über sich, auch diesen als Bruder zu umarmen. Mit beiden Händen umfaßt er eine schlaffe Rechte, dann wendet er sich dem berühmten Prediger zu, um, vielleicht eine Spur zu begeistert, über seine Gefühle an diesem Abend Rechenschaft abzulegen.

Der Wortgewaltige hört seinem Gast geduldig und gütig zu, um dann seine fernsehberühmten Hände zu falten und dieses zu verkünden: »Ich hatte einen Traum, und ich habe lange über seine Bedeutung gegrübelt. Ich ging durch einen tropischen Wald mit breiten Schneisen, an Gräbern vorbei, einen Hang hinauf. Umgestürzte Säulen lagen am Weg, aus dem Dickicht links und rechts ragten Ruinen eines griechischen Tempels, auch Reste einer mexikanischen Pyramide, eine verfallene Pagode, ein Wolkenkratzer, der Eiffelturm …

Es war ganz still. Es wehte kein Wind, kein Vogel sang, nirgendwo Leben außer mir. Mir war, als sei die ganze Welt gestorben und aufgebahrt auf diesem schönen Friedhof. Oben am Hang – im Schutz eines massigen Berges – eine kleine Kapelle aus weißem Marmor. Ich kam näher, trat ein, niemand war da. Vor dem Kruzifix brannte ein Licht. Und in das Altartuch waren die Worte eingestickt: Schmücke Dich für den Tag …«

Talbot Jones macht eine Pause, Ralf schweigt, und der sonst immer gleichmäßig betrübte Frank Fergusson, der die Geschichte gewiß schon kannte, seufzt einmal kurz in stummer Erregung. »Schon am Anfang sagt uns die Bibel: Dem Menschen fehlt die Kraft, ihm fehlt die Begabung zum Glücklichsein im Paradies. Adam und Eva hatten die Chance und haben sie vertan. Die Verlockung der Sünde war stärker. Es ist kein Zufall, kein Versehen der Schöpfung, daß diese Welt so unvollkommen ist. Denn wäre sie ein Platz des Glückes und des Friedens, der Gerechtigkeit und der edlen Gefühle, wo reifte dann die Sehnsucht nach Gott? Er hatte Größeres mit uns vor als simples Zufriedensein. Erst mit unseren Fehlern, erst mit dem Verfall, mit dem Sterben des Menschen und dem nahenden Ende dieses sündigen Planeten wächst die Sehnsucht zum Guten!«

Stille schwebt durch den kahlen Raum. Ralf spürt, daß es unpassend wäre in der Erhabenheit dieses Augenblicks, wenn er oder irgend jemand sonst auch nur ein Wort der Einsicht oder gar der Bewunderung beizutragen suchte. Und so fährt der große Prediger nach einem Moment der Versenkung fort: »Als Bruder Frank mir aus der Börsenzeitung den Bericht von Ihrem Projekt vorlegte, da wurde mir plötzlich klar, welches Zeichen der Herr mir geben wollte: die Reste des Schönsten auf dieser Erde zusammenzutragen, die Ruinen großer Reiche, die Symbole größter Verirrung. Wir werden Werkzeuge des göttlichen Willens sein. Sie und ich. Was immer Ihr Projekt auch kosten und wie immer am Ende die Bilanz von ›Noahs Club‹ ausfallen mag, Sie werden in mir einen Förderer finden, der für jede Schwierigkeit und jede Verteuerung Verständnis hat, der immer bereit ist, alle Lücken zu schließen. Und der an der Börse verbreiten wird:

Hinter diesem außergewöhnlichen Projekt steht mit all seiner finanziellen und moralischen Kraft Talbot Jones! Meine einzige Bedingung ist, daß auf einer Anhöhe über der Blütenpracht und der Urgewalt des kolossalen Monuments eine kleine Kapelle aus weißem Marmor steht. Die Zeichnung mit den Einzelheiten innen wie außen wird Bruder Frank bei Ihren Architekten abliefern.«

Ralf sieht den großen Prediger an und nickt ergriffen. Und so nimmt dieser seine Hand und spricht mit der feierlichen Stimme, die an den Fernsehgeräten Woche für Woche Unzählige in der Tiefe ihrer Seele anrührt: »Wir wollen niederknien und beten. Gelobt seist Du, o Herr! Unermeßlich ist Deine Güte! Du hast uns den Weg gewiesen, wir werden Dir folgen. Behüte Ralf Bachmann, dieses Deiner Kinder, das Du ausersehen hast, uns Menschen das Zeichen zu geben und eine Kathedrale zu bauen zu Deinem Lobe. Gib ihm Kraft und seelische Stärke. Lasse Deinen Geist leuchten über ihm und segne unser Werk! Und hilf uns, die wir voller Sehnsucht sind nach Deiner Nähe, stark zu sein und zu bestehen am Tag, an dem wir vor Dich treten!«

Bruder Frank geleitet den Gast hinaus durch die Schächte. Draußen brennen noch die gleißenden Strahler, und Monteure sind damit beschäftigt, das große Kreuz zusammenzulegen und reisefertig zu verpacken für die nächste Station auf dem Kreuzzug eines Fernsehstars. An dieser Stätte werden sie morgen wieder Football spielen. Ralf bleibt kurz stehen und läßt seinen Blick über das Feld zu den obersten Rängen schweben, um seine Gefühle im nachhinein auf ihre Beständigkeit zu prüfen. Die Sterne kann er nur ahnen, denn die künstlichen Sonnen sind zu hell, um über den Rand dieser Welt hinauszuschauen. Aber er spürt die Sehnsucht nach dem Unendlichen und die Entschlossenheit, Großes zu tun. Und ihn erfüllt der Wunsch, Gott nahe zu sein. Auch Talbot Jones – irgendwann im wiedereroberten Paradies. Doch wenn es möglich wäre, ein paar Reihen entfernt von Bruder Frank, von dem er sich stumm verabschiedet.

Notizen von alter Hand

Erik schmerzen die Augen vom Starren durch das Vergrößerungsglas. Vor ihm liegt der aufgeschlagene kostbare Foliant, den Julia ihm zum Geburtstag geschenkt hatte, mit schlechtem Gewissen, wie sie sagte, wegen der zwielichtigen Umstände, unter denen sie daran gekommen war. Es war nicht so sehr die immer noch leuchtende Farbenpracht der alten Bilder und auch nicht der Text des frommen mittelalterlichen Buches, den er sich mit Hilfe von Nachschlagewerken zusammengereimt hat. Es waren die hier und dort in schöne Initialen eingestreuten Kritzeleien, vor allem aber ein Gedicht auf dem hinteren Innendeckel, was ihn faszinierte. Er konnte sich nicht erklären, warum er ausgerechnet den tieferen Sinn der offensichtlich nachträglichen, das Original verschandelnden Schmierereien ergründen wollte und den alten Daniel Rosenstrauch um eine Übersetzung bat. Sie fiel so trocken und umständlich aus, daß kein Funke der Erleuchtung auf Erik überspringen wollte. Und so setzt er sich nun hin und versucht mit eigener Intuition die Botschaft aus einem fernen Jahrhundert in sein Leben zu holen. Stapel von Papier haben sich auf seinem Schreibtisch ineinandergeschoben, immer wieder korrigierte und ins Reine geschriebene Zettel, Worte aus alter Sprache in Verse gesetzt und mühsam zum Klingen gebracht.

Erik liest, schreibt, murmelt und deklamiert, schmettert los und hält wieder inne. Er nutzt es mit vollem Pathos, unbelauscht zu sein, da Julia wieder einmal ans Bett eines frisch operierten Kindes gerufen wurde. Mit den Armen fuchtelt er theatralisch in der Luft, wie ein Lehrling des Dirigierens, der einsam in seiner Stube einem eingebildeten Orchester seinen Takt und seine Begeisterung aufzwingen will. Noch einmal und immer noch mal! Er wirft einen Blick in den Folianten, dann auf den obersten seiner Zettel, und schon bricht es wieder aus ihm heraus, laut und trotzig in den Raum geschleudert. Der linke Arm hebt und senkt sich mit locker geschlossenen Fingern, die rechte Hand, ebenso locker geöffnet, zieht schwungvolle Kreise. Und durch die Stille schallt ein Fehderuf:

Wahrheit, unerreichbare Geliebte,
sag mir, wer ich bin.
Laß mich nicht ins Leere fragen,
was der Herr uns aufgetragen
als des Lebens Sinn.

Weist die Liebe uns die Richtung,
ist der Glaube die Verpflichtung?
Schenkt der Schlüssel zur Zerstörung
uns die Gnade der Erhörung?

Ach, wer hört denn meine Klagen?
Was ist falsch an meinem Fragen?
Eng im Dunkel such' ich Licht.
Tastend stolper' ich im Kreise,
schreie laut und flehe leise:
Herr, erlöse mich!

Laß mich durch der Sterne Blinken
staunend heimwärts ziehn,
in deiner Tiefe still versinken,
an deiner Sonne hell verglühn.

Die Verse berauschen ihn, sie gefallen ihm wieder noch nicht ganz, der vielleicht hundertste Versuch, einen so lange verschütteten Schatz zum Glänzen zu bringen, die Seelenkluft von Jahrhunderten zu überbrücken.

Er blättert wieder in dem gewaltigen Band zurück auf die zwölfte Seite, dann schlägt er den schweren Buchblock um bis zum Innendeckel ganz hinten. Kein Zweifel, es ist dieselbe Hand! Diese kräftige, nach fünfhundert Jahren nur leicht verblaßte Tinte, diese klare, energisch gleitende Schrift! Streitbar die Abstriche des lateinischen »s« und des »t« und des »l«. Und dann wieder, vom großen »D« und »H« ausgehend, Schleifen und Bögen, die einzelne Wörter überklammern und der heimlichen Botschaft an eine unbekannte Nachwelt eine sehr persönliche, irgendwie schwungvoll geniale Note verleihen. Das alles erscheint dem versonnenen Betrachter wie der Hilferuf in einer Flaschenpost, die jemand im Mittelalter ins Meer der Zeit geworfen hat, und die es im Jahrhundert des Computers wieder ans Ufer spülte. Natürlich, irgendwelche herrschaftlichen Mäzene und deren Katalogisierer, geschäftige Kittelträger in musealen Gruften, mögen das Buch dann und wann in Händen gehalten haben, durch ihre Sachlichkeit und trockenen Kriterien vor Infektionen aller Art geschützt. Erik kennt dies aus den Beschreibungen der Auktionskataloge: »Innendeckel leicht gebräunt, Notizen von alter Hand ...« Dem einen mag dergleichen eine dekorative Zugabe sein, dem anderen ein Mangel, auf den hingewiesen wurde. Kein Zwang also für den Versteigerer, das Buch wegen eventuell später reklamierter Schmierereien zurückzunehmen, kein zwingender Grund für den Kunden, sich mit dem Zufälligen und Nichtdazugehörenden auseinanderzusetzen.

Vielleicht, so sinnt Erik in seiner New Yorker Wolkenkratzer-Klause, ist es im Laufe der Jahrhunderte und im Rahmen eindrucksvoller Ausstellungen und Kollektionen auch mal einer größeren Öffentlichkeit möglich gewesen, das eine oder andere dieser leuchtenden Bilder unter der Glasvitrine zu bestaunen. Doch ein solches Eintauchen in dieses eine unter den überlebenden alten Büchern, diese ganz spezielle Probebohrung in die tieferen Schichten der Vergangenheit, vor allem aber die Entdeckung der Gedankenwelt eines Vorbesitzers, der sich in Versen ausdrückte, das alles erscheint Erik wie ein Ruf des Schicksals ganz persönlich an ihn. Wie Post aus ferner Zeit, ein Brief, an Gott adressiert und irrtümlich bei Menschen gelandet im unendlichen Kreislauf. Erik hat Lust, sich selbst in diesem Irrläufer mit folgender Anmerkung zu verewigen: »Geöffnet und gelesen, schließe mich den Fragen des Absenders an … Ort, Datum, Unterschrift E. Bachmann.«

Wer war der Absender, der Verfasser des Gedichts? Erik hatte auf seiner Spurensuche dieselbe Handschrift noch einmal gefunden, in ein blumenumranktes Initial eingeschmuggelt. »Huberti Fischeri, Grzo, anno domini 1471.« Der Name ist in das Silbermatt des oberen Bogens des Anfangsbuchstabens »B« gezwängt wie in die Dachstube eines Hauses. Dieses »Grzo«, wäre das Graz? Und dieses 1471 im unteren Bogen, ist es das Jahr, in dem ein Hubertus Fischer das Buch kaufte oder geschenkt erhielt? Oder wurde er 1471 geboren? Oder war es das Jahr seines Fragens und Zweifelns? Daß er die Initiale »B« wählte, um sich als blinder Passagier in die Arche des Buches einzuschleichen, zeigt Furchtlosigkeit vor dem Zorn des Herrn und vor dem »B«elial, einem der vielen Namen des Teufels: »Belial klagt wider den Frevel und die Gewalt, die der Hell geschehen sei an der Herrschaft der Welt …«

Überhaupt enthält das Werk erstaunlich ketzerische, lächerliche Gedanken. Der Fürst des Bösen erdreistet sich, Gottes eigenen Sohn als Beklagten vor den Richter zu zerren, für den niederen Klerus ein wahrhaft bewegendes Exempel zum anschaulichen, besseren Verständnis des kanonischen Verfahrensrechts. Der Teufel, so lernt Erik beim Studium verschiedenster Kommentare, ist ohne Zweifel Jurist. Und der Verfasser des Buches läßt ihn als Helden, wenn auch letztlich als Verlierer, durch alle Instanzen bittere Klage führen, die sündige Menschheit sei nach Gesetz und unstreitigem Tatbestand, nach Logik und gesundem Rechtsempfinden eindeutig der Hölle verfallen. Nur Christus halte sich nicht an die Gesetze seines Vaters und wolle dem Teufel die Beute der sündigen Seelen streitig machen.

Aber der juristische wie theologische Inhalt des ihm zugespielten Buches bewegt Erik nur mäßig. In immer neuen Anfällen von Studierstuben-Besessenheit hat er sich hinreißen lassen, mit jenem Vorbesitzer Hubertus Fischer den Dialog zu suchen. Eindringlich und beschwörend, so wie ein verzückter Studienrat vor leerer Klasse den Faust deklamiert, sucht eine aufgewühlte Seele ihren Partner.

»Ich höre dich, Hubertus Fischer! Wer bist du gewesen in deiner Welt? Wo bist du jetzt? Noch im Dunkeln? Im Licht? Hast du inzwischen Antwort gefunden? Was ist denn nun der Sinn unseres Lebens? Hier auf Erden ist Gottes Antwort immer noch nicht eingetroffen. Was kann er nur von uns wollen? Er schweigt, wie er auch zu deiner Zeit so beharrlich geschwiegen hat.

Ob sein Interesse wirklich dem einzelnen Menschen gilt, dir und mir? Milliarden Seelen, die seit Tausenden von Jahren unerlöst im Raume schweben? Oder interessiert ihn doch nur das Ganze, dieses faszinierende, einmalige Experiment? Hat er sich gelangweilt, hat sich ein einsamer Gott ein Spielzeug geschaffen, als er die Welt und schließlich den Menschen schuf? Gehirne, die sich von Generation zu Generation verfeinern und die moralisch ratlos auf der Stelle bleiben, wie anders kann das enden als in der großen Explosion? Falls dies, wie es eine deiner Vermutungen ist, die Gnade der Erhörung bringen sollte –, den Schlüssel zur Zerstörung haben wir inzwischen gefunden.

Ich strecke meine Hand nach dir aus, Bruder in weit entfernten Sphären! Wer also warst du, Hubertus Fischer? Warst du ein Mann bei Hofe oder ein Aufrührer und Querulant? Warst du Zeit deines Lebens von allen unverstanden, oder warst du auch manchmal glücklich? Hast du geliebt, und hat dies die quälende Fragerei manchmal fortschieben können auf spätere Tage? Warst du ein Krieger, ein Kaufmann, ein Bischof oder ein zweifelnder Mönch? Wenn ich dir Antwort geben müßte auf deinen Notruf aus längst vergangener Zeit: Glaube mir, alles ist noch komplizierter geworden. Aus Milliarden Sternen, die schon für dich Tor zu Gottes Wohnsitz waren, sind Milliarden weit entfernter Sonnen geworden, um die erdgroße Planeten kreisen wie Staub. Wo ist oben, wo ist unten? Wo werden wir uns alle versammeln am Tage des Gerichts? Der Himmel ist weiter fortgerückt, als Menschen denken können, und alles – auch Gott – ist relativ.«

Erik hält inne, steht auf. Seine Emotionen haben sich erschöpft. Sein Denken wendet sich nun aktuellen, juristischen Problemen zu. Kein Zweifel, daß dieses Prunkbuch gestohlen ist, und Julia hat es gewußt, ihm alle Einzelheiten der seltsamen Umstände geschildert, unter denen es in ihre Hände kam. Aber schließlich hatte sie ja durch ihr schnell entschlossenes Handeln ein kostbares, unersetzliches Kunstwerk vor sicherer Zerstückelung gerettet! Jeder Richter würde ihr dies als Nothilfe durchgehen lassen.

Julia und Erik waren von Anfang an entschlossen, nach dem rechtmäßigen Besitzer zu forschen und ihm wiederzugeben, was ihm durch Diebstahl genommen worden war. Nur, wo beginnen mit solcher Detektivarbeit? Im nächstbesten Museum? Durch Rundruf bei Versicherungen und in teuren Antiquariaten? Durch Anzeige im Vertrauen auf die bürokratische Routine einer ohnehin schon überlasteten Polizei?

Nach einigem Grübeln war Julia auf den Gedanken gekommen, der Kunstwelt den kostbaren Fund auf der Titelseite von Eriks Zeitschrift bekanntzumachen und so dem immer etwas kränkelnden Blatt nach langer Zeit einmal wieder den Glanz des Besonderen, ja Sensationellen zu verleihen. Man würde davon sprechen, auch in anderen Medien, und die Auflage würde steigen. Spontan hatte Erik ihre Idee gefallen. Nur noch nicht jetzt, nicht schon in der nächsten Nummer, nicht, bevor er die geheimnisvolle Botschaft entschlüsselt und eine Spur von Hubertus Fischer gefunden hatte. Denn einfach nur ein Bild auf der Titelseite, nur fragen: Wer kennt dieses Buch? Wer hat es verloren? Das wäre zu plump und wenig aufsehenerregend. Er wollte wenigstens versuchen, die Post aus dem Dunkel des Mittelalters auf ihre Herkunft abzuklopfen, um so den Fund für den heutigen Leser interessanter und origineller aufzubereiten. Erst dann wieder zurück mit dem kostbaren Schatz in die staubigen Regale irgendeines Museums, aus dem es entwendet wurde.

Allerdings, und das versucht Erik schon seit Tagen zu verdrängen, gibt es in dem frommen, ein wenig ketzerischen Werk auch eine leuchtende, von einer Blütenkette umrankte Initiale »M«. Sie ist aus Blattgold, anmutig geschwungen, und zwischen den Bögen ein helles, von Sternchen durchsetztes Blau. Dieses »M« ähnelt einem Triumphbogen vor dem Abendhimmel. Wie alles in dem prunkvollen Folianten ist auch diese strahlende Markierung zwischen den irgendwann doch ermüdenden Texten ein Meisterwerk mittelalterlicher Kunst und Frömmigkeit. Nur in dem Blau des linken Bogens ist nachträglich und störend ein »E.B.« eingetragen. Und dies in moderner, noch tintenfrischer Schrift.

Nachtflug über Grönland

Es blitzt und blinkt durch jugendliche Hirne, laut kracht die Musik über zuckenden Körpern zusammen. Still wirft der Vollmond sein Licht über den gleichmäßig röhrenden Motor der Maschine. Das Locken der Ferne und die Sehnsucht zu bleiben – selten haben sich in Martin Blitze und Klänge, Tagtraum und Resignation auf eine derart betäubende, verwirrende Weise vermischt wie in den letzten 24 Stunden.

In geradezu atemberaubendem Wechsel schieben sich die Bühnenbilder ineinander, laufen die handelnden Personen, durch keine Regie geordnet, mal in diesem und mal in jenem Stück herum, sucht der studierte, doch in der Praxis unerfahrene Kritiker des klassischen und modernen Theaters das reale und das zusammenphantasierte Erleben seines Alltags auseinanderzuhalten, jedes für sich zu analysieren, um dann das Ganze zu verstehen.

Ein freundlicher älterer Herr sitzt neben Martin in der vorderen, äußeren Reihe des Flugzeugs und gibt ihm Rat, wie dieses Abenteuer in der Zeit- und Raummaschine vom menschlichen Organismus am besten zu überstehen sei. »Trinken Sie wenig, essen Sie nichts«, rät er dem auf so weite Strecken noch

Unerfahrenen und streckt sich und hüllt sich in eine Decke ein. »Sehen Sie, hier, so kurz nach dem Start, ist es erst sieben Uhr abends, und drüben, wo wir landen werden, ist es schon weit nach Mitternacht. Unser Verstand sagt uns, wir sollten schlafen, doch unser Körper begreift es nicht. Schon bald, wenn wir wieder Boden berühren und einer öffnet die Tür und um uns ist plötzlich Europa, werden wir morgenfrischen, wohlausgeruhten Menschen begegnen. Nach siebenstündigem Flug werden wir die doppelte Zeit gealtert sein. Unserem trägen Körper ist dieser Sprung so schnell nicht beizubringen. Er wird beharrlich glauben, er sei noch in New York – spät in der Nacht –, und rein aus Gewohnheit wird er müde werden. Woher soll er auch wissen, daß wir der Sonne entgegengeflogen sind und dabei sieben Stunden einfach übersprungen haben?«

Ganz mag Martin dem Rat seines Nachbarn nicht folgen. Zu sehr genießt er das Abenteuer des Augenblicks: den Service des Reisens in einer gehobenen Klasse, das Bewußtsein, dazuzugehören zum Club der Schnellen und Modernen, den Entschluß, nicht müde zu werden oder gar zu schlafen am nächsten Tag, überhaupt diesen für einen sonst doch recht stationären Kritikenschreiber einer Intellektuellenpostille neuen und überraschenden Status eines Ozeanüberfliegers. Einfach ins Flugzeug zu steigen, ganz kühl und selbstverständlich, aus einem skurrilen, ja geradezu phantastischen Grund: um irgendwo 6000

Kilometer von New York entfernt nach einem Namen aus einem alten Buch zu fahnden, nach einem Mann aus dem Mittelalter in einer ihm fremden österreichischen Stadt. »Entschuldigen Sie bitte«, hört er sich den nächstbesten Grazer fragen, »kennen Sie einen Hubertus Fischer? Hier irgendwo muß er gewohnt haben, fünfhundert Jahre ist es her ...«

Es war so konfus und unwirklich gewesen, als Erik Bachmann, sein Chef und Gönner, der durch Reichtum von allem Praktischen abgehobene Herausgeber des elitären und manchmal auch etwas verwinkelten Blattes, ausgerechnet seinen jüngsten Kritiker zu sich rufen ließ. Diesmal kein Auftrag, sich am Rand der ausgetretenen Pfade auf irgendeinen neuen Kult oder Trend einzustimmen, nicht der übliche väterliche Rat, sich doch aus Anlaß der bevorstehenden Tournee einer peruanischen Hirtengruppe mit der Lyrik und dem traurigen Schicksal bestimmter Indiostämme vertraut zu machen. Keine Beschwerde eines Veranstalters und wichtigen Anzeigenkunden über einen originellen, aber letztlich doch ungerechten Verriß. Statt dessen aus heiterem Himmel ein Zettel mit einem Namen und einer Jahreszahl, dazu die Abschrift eines Gedichts und ein Flugticket über Frankfurt nach Graz. Sinn und Bedeutung des Ganzen blieben dem zu besonderer Mission Erwählten so wolkig und geheimnisvoll wie zerfaserte Lyrik, wie eine flüchtige Diskussion unter New Yorkern über Glaubenszusammenhänge fern in den Anden. Doch als einer, der stets

Initiator ungewöhnlicher kultureller Trends sein möchte, hatte er sich früh abgewöhnt, kleinlich im Faktischen herumzustochern. Als Kritiker des experimentellen Theaters war er im Umgang mit Logik tolerant.

»Klettern Sie auf die Burg, steigen Sie in die Gewölbe des Doms, ziehen Sie durch alle Kirchen und Klöster, reden Sie mit dem verschrobensten Archivar und Professor, stöbern Sie in weltlichen und kirchlichen Büchern«, hatte Bachmann ihm mit auf den Weg gegeben. »Der Name Fischer wird leider kein seltener sein. Aber wir suchen nicht irgendwen, der zufällig hieß wie so viele. Dieser – unserer – muß schon ein besonderer Fischer gewesen sein, einer, der seiner Heimatstadt stolz oder schamvoll im Gedächtnis blieb. Einer mit einem Schicksal, einer mit Zweifeln, der aneckte und aufbegehrte, der Spuren hinterließ. Wer wurde hingerichtet, aus der Stadt gewiesen, mit einem Bann belegt in den späten Jahren des 15. Jahrhunderts? Folgen Sie Ihrem Instinkt, strecken Sie Ihre Phantasie, und vor allem: Ziehen Sie das Glück auf Ihre Seite! Ihr Erfolg ist wichtiger für mich und unser Blatt als alles, was wir in den letzten Jahren veröffentlicht haben.«

Christine hatte er dies alles gar nicht mehr sagen können. Nur eine Nachricht auf den Anrufbeantworter ihres Telefons: »Bin ein paar Tage nicht da, fliege heute nacht nach Europa. Martin.« Er hatte noch etwas anderes sagen wollen, so etwas wie: Ich liebe dich, du machst mich verrückt, ich möchte bei dir sein! Was schert mich dieser Hubertus Fischer, was kümmert mich Europa? Wenn ich die Augen schließe, sehe ich dich. Aber er fürchtete, daß Christine so was nicht hören wollte. Sie würde nur die Nase rümpfen und lächeln.

Wenn er aus dem Fenster sieht, liegt das Triebwerk der Maschine ruhig und mondbeschienen da. Es ist ihm nicht anzumerken, welch Feuer in ihm brennt. So wie man es ja erklären kann, aber letztlich doch nur glauben muß, was solch ein schweres Flugzeug in den Lüften hält. Dort, wo die matt silbern glänzende Tragfläche in die Nacht übergeht, blinkt das kleine, grüne Licht. Gleichmäßiger, ruhiger, nicht so aufputschend wie die künstlichen Blitze der letzten Nacht. Er schließt die Augen, er sieht Christine.

Es dröhnt und stampft in der Diskothek. Meist scheitert der Versuch, sich irgend etwas ins Ohr zu schreien. Christine ist der Mittelpunkt im Lichtgewitter. Eine zierliche Gestalt in einem frechen Monteursanzug, kindhaft in ihrem Toben, die schwarzen Haare wirbelnd im Takt, der Körper zuckend, fast schwebend auf den Lichterstrahlen. Die Lippen mal geschlossen, dann wie zum Pfeifen geöffnet, sie flirtet, schwer zu sagen, mit wem. Ein kokett gerümpftes Näschen in die Musik wie in den Wind gestemmt. Dreimal hat sie mit Martin getanzt, sie hat mit jedem getanzt, der sie fragte. Im Grunde tanzt sie ja doch mit sich selbst, vom Rhythmus der Musik getragen und von dem Gefühl, daß Augen ihr folgen. Martins Augen gewiß, aber andere eben auch. Vor allem die eines selbstsicheren Dandys von der Börse. Was er verdient, wie viele Millionen er umsetzt Tag für Tag, welches Auto er fährt, er läßt nichts unerwähnt, was seine Bedeutung heben könnte. Nicht an der Bar, nicht beim Flirten, nicht beim Tanzen. Martin schweigt in intellektueller Verachtung und bohrendem Neid. Und Christine lächelt und rümpft das Näschen.

»Sie fliegen zum ersten Mal nach Europa?« fragt ihn der Nachbar und holt Martin zurück aus seinen Träumen. Und ohne die Antwort abzuwarten, fährt der alte Herr fort: »Von mir könnte ich gar nicht mehr sagen, zum wievielten Mal ich diesen Ozean überquere. Vielleicht zum hundertsten, vielleicht zum zweihundertsten Mal. Einmal, erinnere ich mich, da war ich gerade wieder in New York gelandet, schon stand meine Sekretärin in der Ankunftshalle, wedelte aufgeregt mit einem Ticket und sagte: ›In zwei Stunden fliegen Sie wieder zurück!‹ Und dabei habe ich einen nüchternen, grundsoliden Beruf. Sie werden es nicht raten: Ich bin so eine Art Revisor oder Steuerberater.«

Höflich gibt Martin sein Erstaunen kund. Christines Lächeln verweht über der Tragfläche in der Nacht. Der ältere Herr erzählt seinem jugendlichen Reisebegleiter die Geschichte vom fliegenden Revisor. In der Gegend von Frankfurt und dann noch irgendwo in Korea unterhält ein New Yorker Konzern Filialen. Produktion und Verkauf sind die eine Seite des Unternehmens. Die andere, wichtigere, wie der Erzähler augenzwinkernd hinzufügt, sind die Steuergesetze. Gewinne hier und Verluste dort, allerlei Abschreibungsmöglichkeiten und unterschiedliche Abgabensätze, Finanzämter im Dreiecksverhältnis zwischen den Kontinenten. Der fliegende Revisor hält diese Welt zusammen und sucht die Vorteile da, wo sie sich bieten. Nicht schneller, aber eben doch schöpferischer und diskreter, als dies der Computer leisten könnte.

»Ich kenne ein paar Weinstuben rund um mein Frankfurter Hotel, ein paar Tempel und Restaurants in Korea. Aber eigentlich kenne ich nichts von der Welt, die ich emsiger umsegelt habe als Columbus und all die großen Entdecker zusammen. Sehen Sie aus dem Fenster, die Wolken unter uns sind verschwunden. Bald werden wir Grönland überfliegen. Grönland! Wer ist schon so oft in großer Höhe über diesem rauhen, erstarrten Erdteil gewesen wie ich? Am Tag zeigt sich der riesige Eisklotz weiß, in klaren Nächten durchziehen das Weiß schwarze Streifen. Mal sieht man ihn nicht, es verdecken ihn Wolken, mal fliegen wir südlich an Grönland vorbei. Bisweilen, wenn selbst ich nicht schlafen kann, denke ich, daß verwegene Abenteurer dort unten mit dem Hundeschlitten über das Inlandeis ziehen. Oft, so stelle ich mir vor, schaffen sie keinen Kilometer am Tag, und ihr Weg ist versperrt von bizarren Kratern und tückischen Gletscherspalten. Vom Wetter in diesen rauhen Regionen gar nicht zu reden. Monate würden sie brauchen für die tollkühne Idee, eine Strecke zurückzulegen, die wir – na, sagen wir mal in einer halben Stunde lesend, dösend, Kreuzworträtsel ratend überschweben.«

Martins Phantasie ist schnell entzündet. Die Eisberge und die Wale, das Nordlicht und die funkelnden Sterne der Literatur bringt er ein in das nächtliche Gespräch: Filme, die er sah, Bücher, die er las, all die Abenteuer, die andere für uns erlebten oder erdachten. Was ist Traum, und was ist Wirklichkeit? Ist das Schöpferische und Gewagte, und ist die Natur noch Teil des menschlichen Lebens? Oder wurde das alles durch die Technik ein für allemal überwunden? Nur noch Symbolik und Nostalgie, etwas, das Leute wie er aus warmen Stuben heraus zu Kunst erklären?

»Dort, wo wir in ein paar Stunden landen werden«, schließt der fliegende Revisor seine Nachtgedanken und streckt sich in den Sitz hinein, um nun doch endlich zu schlafen, »dort verehren sie einen Dichter, der im 18. Jahrhundert zweimal nach Italien reiste. Im wesentlichen sah und erlebte er da, was schon vorher in seiner Seele war. Aber von den Erlebnissen und Impressionen dieser zwei, wir würden sagen Mittelstreckenflüge leben noch heute die philologischen Seminare. Und seit Generationen lassen die besonders Angerührten im Bann des großen Geistes ihr eigenes Leben achtlos vorüberziehen und leben seine Wanderjahre nach: Gedanken, die sie allein nie gewagt, Abenteuer, die sie sich selbst nie gestattet hätten. Ich möchte dem Mann im Jenseits nicht begegnen. Er könnte mich nach den Erlebnissen meiner vielen Reisen fragen und wäre erschüttert, wie wenig man aus so vielem machen kann.«

Auch Martin zieht die Decke bis über die Schultern und schaut wieder nach draußen in die Nacht. Zwei Sterne scheinen besonders hell, schräg rechts, darunter drei kleinere in einer Reihe. Dann wieder zwei große, nein drei. Doch der dritte hell leuchtende Punkt blinkt in unregelmäßigem Abstand. Es muß ein anderes Flugzeug sein, das vorausfliegt auf dieser nächtlichen Route! Grönland! Was versäumt der Mensch, wenn er es nicht wirklich erlebt, es nicht mit schmerzendem Körper erspürt, mit offenen Sinnen abtastet? Warum nicht, wie es nun einmal üblich ist im modernen Reisen, eben doch gelangweilt und dafür sicher in diesem hohen Abstand bleiben über soviel Eis und Einsamkeit?

Ja, wenn er wüßte, daß Christine um ihn bangte, wenn sie im Bewußtsein der großen Gefahr, in die er sich begeben könnte, um ihr zu beweisen, zu welcher Kühnheit er fähig ist, zitternd seine Spuren übers Eis verfolgte –, er wollte es tun! Doch Christine würde nur lächeln, lächeln und kokett das Näschen rümpfen. Kein Lächeln, das seinetwegen erstrahlt, kein Näschen, das sich seinetwegen kräuselt. Mit dem Verstand weiß er wohl, daß dies alles nicht mehr als eine hübsche Pose ist, die ihr steht wie keiner anderen, die Martin kannte, so wie ihr dunkles Haar und das leuchtende Rot ihrer Lippen.

Da liegt es unter ihm: Grönland, milchig weiß mit schwarzen Streifen. Nun also ist er dagewesen – auch ich am Ende der Welt! –, über den Wüsten und Meeren aus Eis. In Millionen Jahren erstarrt und ebenso lange unerobert. Hier oben aus dem Flugzeugfenster erscheint der Vollmond näher und deutlicher und vertrauter. Wirklicher als jener Kontinent, über dem er sich befindet, ohne je dort zu sein. Daß Christine ihn nicht liebt, das weiß er. Vielleicht wird er sie mal anlocken können durch irgend etwas, das ihren Freundinnen imponiert, aber Gefühle wird er wohl nie in ihr erwecken. Was hilft dieses Wissen, was der Verstand? Wir erreichen so viel, doch nie das, was wir eigentlich wollen. Und was wir haben, genießen wir nicht. Er betrachtet den Mond, der voraus auf gleicher Höhe leuchtet, und das Weiß mit den schwarzen Streifen in der Tiefe. Und draußen über der Tragfläche schwebt kalt und schön dieses Lächeln, das ihn so fesselt und das ihn so schmerzt.

Im Adlernest

Grau und zerrupft landet die Taube auf einem der Geranienkästen. Sie nickt und pickt und scharrt sich durch das Rot und Grün der kleinen Pflanzeninsel und beobachtet, immer abflugbereit, jede Bewegung im rauhen, windigen Revier. Mit ständigem Rucken ihres Kopfes fixiert sie den Mann, der da in zwanzig Meter Entfernung an einer Brüstung lehnt und auf sie starrt. Sie sichert nach allen Seiten, in die Höhe und Tiefe, ob ihr nicht der zustoßende Schatten eines Raubvogels oder das lauernde Anschleichen einer Katze oder das Wurfgeschoß eines übelgelaunten Menschen für ein paar Körner oder Abfälle zum Verhängnis werden könnte.

Die zweite Taube kreist noch um den luftigen Futterplatz, flattert, vom Aufwind zwischen den Wolkenkratzern getragen, um die paar Quadratmeter richtiger Erde in einem Meer von Stahl, Glas und Beton, um eine Oase 200 Meter hoch über dem Lärm der Avenues und Straßen, über einem verlorenen Gärtlein, das so gar nicht in diese Kunstwelt der schwarz und silbern glänzenden Gebirge passen will. Und plötzlich, bevor die Taube Anstalten zum Landen macht, stürzt sich auch die erste flatternd wieder ab von der Spitze des Himmelsturmes, und Erik verfolgt das Zusammentreffen, sieht wie die Flugbahnen zweier kleiner Punkte über- und untereinanderrollen, bis er nicht mehr unterscheiden kann, welcher der beiden Vögel gerade noch zwischen Himmel und Erde seine flüchtige Gesellschaft war. Er blickt die stürzenden Linien des Gebäudes hinunter und sucht in der Kulisse der Nachbartürme irgendwelches Treiben, Leben, Menschen. Aber die Fensterfronten behalten ihr Inneres für sich und werfen das matte Licht des bedeckten Himmels zurück in die Außenwelt. Die Türme, gigantische Spiegel, schirmen sich gegen die Neugier der anderen ab wie Festungen oder feindliche Burgen. Nur tief unten ein verbindender, quirliger Brei. Einzelheiten sind aus dieser Höhe kaum noch auszumachen. Doch Erik kennt ja das Räderwerk am Fuß der Gebirge und kann sich die Autos und das Getriebe der Menschen, ja die Ungeduld und Reizbarkeit auf ihren Gesichtern, den ganzen Trubel der Stadtmaschine vorstellen, als stünde er direkt daneben.

Durch das große Terrassenfenster sieht er Ralf, seinem Bruder zu, dem Bändiger und Lenker in diesem rastlosen Universum. Ralf öffnet den Grill und sticht mit der Gabel prüfend in die Steaks. Er dreht die Maiskolben in dem heißen Ofen, wirft den Salat aus einem großen Sieb in die Schüssel, holt Bierflaschen aus dem Kühlschrank und legt nun die etwas zu große Schürze in den kindlich bunten Farben ab, die Julia ihm einst zu Weihnachten schenkte. Das ist das Signal, daß am Tisch der Familie das Abendessen beginnen kann.

»Julia, sagtest du, ist sehr beschäftigt in der Klinik«, beginnt Ralf das Gespräch und schiebt von den Steaks das saftigere und nirgendwo schwarz gebrannte Stück auf den Teller des Bruders. Und Erik, nach großem Lob für den Küchenchef, bestätigt, die Arme nach Jugendsündenart genußvoll auf den Tisch geflegelt: »Na ja, Kinder brauchen eben diese ganz besondere Hingabe und Pflege, der Ehemann hat da zurückzustehen. Die Herzen sind noch winzig, und schon müssen die Ärzte operieren. Alles Feinarbeit, nichts ist Routine, und der kleine Organismus hat oft noch nicht die Kraft, die der schwere Eingriff von ihm verlangt. Das Leben ist nun einmal nicht fair, das bekommen manche schon bald nach der Geburt zu spüren. Und das Bittere ist, daß sich der Klinikbetrieb, in den Julia soviel von ihrem Leben und ihrer Liebe steckt, am Ende des Jahres finanziell nicht tragen wird. Jedes Team, das an erwachsenen Herzen operiert, erledigt sein Pensum schneller und hat so den mehrfachen Durchlauf an Patienten. Und entsprechend höher ist der Gewinn. Mehr Geld, modernere Geräte, bessere Ärzte. Aber Julia hat dir das alles ja auch schon oft erzählt. Sie ist glücklich in ihrer Arbeit, wie du weißt. Jeder Versuch eines noch so namhaften Klinikzentrums im Land, sie abzuwerben, ist bisher gescheitert. Und ich komme mir jedesmal schäbig vor, wenn ich sie mal weglocken will für ein Wochenende, weg von einem kleinen Wurm, für den jeder Tag unter ihren Händen die Chance auf Leben bedeutet.«

»Ich frage mich oft«, wirft Ralf nachdenklich kauend ein, »was wohl gewesen wäre, wenn Julia sich damals für mich entschieden hätte. Hätte ich mich nach den ersten turteligen Jahren durchgesetzt oder sie? Du, der glückliche Sieger im Kampf um ihr Herz, nimmst das Dasein als eine Form von Kunst. Leidest für jene, die selbst keine Zeit dafür haben, stehst voller Verständnis für alles und jeden zurück und lebst mit deinen Büchern, in deinen Romangestalten. Jegliches Siegenwollen ist dir fremd. Hilflosigkeit ist deine Stärke. Das Glück läuft dir nach, nicht du ihm. Ich aber will und will alles total. Was mir im Wege steht, hat zu weichen. Was ich anpacke, muß perfekt und das Größte werden. Das verlangt mein Selbstverständnis. Und wie könnte ich das ausleben, wenn die Frau an meiner Seite ihre eigenen Wege ginge und mich nur am Frühstückstisch hin und wieder mal artig fragte: Liebling, wie läuft's denn so bei dir, wie steht's um deine Projekte?«

Erik lächelt, und Ralf fährt fort: »Zugegeben, am Ende reizen mich doch die willensstarken Frauen. Aber vermutlich nur, um sie zu besiegen. Denn wer mir von Anfang an völlig ergeben ist, gerät bei mir schnell unter die Räder. Beifall bekomme ich von meinen Angestellten oder von Leuten, die sich selbst nichts zutrauen und in mich und meine Ideen investieren. Ihr Geld wird mit Sicherheit wachsen, sie selbst sehr wahrscheinlich nicht. Ich weiß nicht, ob jemand wie ich überhaupt für die Ehe geschaffen ist. Aber vielleicht erleben wir beide ja noch eine Überraschung.«

Erik bezweifelt das. Oft genug hatte Julia Pläne geschmiedet, um für den Einzelgänger eine Partnerin zu finden. Aber schon die ersten Versuche waren derart hoffnungslos gescheitert, daß sich alle weiteren bereits in der Theorie von selbst erledigten.

Draußen wird es langsam dunkler, es ist recht still im Adlernest. Und um den Bruder ein wenig zu nekken, vergnügt sich Erik in überheblicher Spöttelei, wohlig zurückgelehnt am Tisch der Familie, das Bier fachmännisch aus der Flasche trinkend, stolz auf ein Ritual, das die Mutter ihren beiden Söhnen weder durch Zureden noch durch strenge Ermahnungen hatte abgewöhnen können. »Was ich in deiner Laube so genieße, ist die frische Luft in schwindelnder Höhe. In keinem Wolkenkratzer von New York lassen sich die Fenster öffnen und ausgerechnet du, der Apostel der künstlichen Welten, Prophet des modernen Lebens und der Air Condition, verrätst in deinen eigenen vier Wänden den Fortschritt. Wenn das deine Aktionäre wüßten! Wenn deine Freunde an der Börse Wind von solchen Teufelskulten bekämen, die Aktien an der Wall Street würden schneller und tiefer stürzen als diese Bierflasche, falls mich die Lust ankäme, sie draußen über die Brüstung zu schleudern.«

»Du weißt«, erwidert Ralf amüsiert, »die Aufgeklärten dürfen schon hin und wieder mal verbotene Texte lesen, allein um die Gefahren der Sünde zu studieren und sie von anderen entschlossen fernhalten zu können. Ja, immer nachts, wenn ich nach Hause komme, blicke ich auf das Lichtermeer der großen Stadt und atme tief ein. Das gibt mir die innere Kraft, am nächsten Tag erbarmungslos jeden Sonnenstrahl aus dem Leben der Menschheit zu verbannen, die sogenannte frische Luft oder gar das Gezwitscher der Vögel durch Stahl- und Kunststoffwände abzudämmen. Wir wissen doch, wohin Sentimentalität und Gefühlsduselei den Menschen führen können. Ein Fenster, das sich öffnen läßt, lädt zum Hinausspringen ein, zum Sturz aus tödlicher Höhe. Vor allem euch Kultur- und Theaterpäpste, wenn ihr in plötzlicher Verzückung euren eigenen Texten glaubt, daß die Welt tatsächlich so sinnlos ist, wie ihr sie uns Abend für Abend auf die Bühnen des Broadway zaubert. Und du brauchst mehr als andere Schutz vor dir selbst, und dafür hast du einen großen Bruder.«

Erik, der sich in der Behaglichkeit des Abends schon die dritte Bierflasche an die Lippen setzt, bestätigt mit liebevoller Bosheit: »Ja, dafür bin ich dir ewig dankbar. Die große Kunst deines ökonomischen Schaffens liegt eben darin, den Menschen vor seinen Idealen zu bewahren. Schlichten Geschöpfen, die ohne Leute wie dich in Einfalt glücklich und friedlich auf dem Lande lebten, verkaufst du teure Plastikparadiese. Und um sich solche Wohnmaschinen leisten zu können, schuften sie tagaus, tagein, bis schließlich einige der besonders Tüchtigen nach Jahrzehnten der Plackerei den Gipfel des Berges erklommen haben: ein Landhaus in der Millionenstadt, die höchste Wabe auf sechzig oder hundert anderen Schichten aus Beton. Und fast sieht es aus wie damals, als alles begann. Selbst die Fenster kann man wieder öffnen! Natürlich ist das künstliche Paradies hundert, wenn nicht tausendmal teurer als früher die simple Idylle des Originals. Und zwischen diesen beiden Stationen liegt ein sinnlos zerstrampeltes Leben. Millionen Menschen halten auf diese Weise das Rad der Wirtschaft in Schwung. Sie wollen nicht leben, sie wollen nicht genießen, sie wollen nicht nachdenken, sie wollen nicht glücklich sein. Nur wildwütend graben und bauen und wuchern wie ein Krebs, der am Ende den Organismus der Erde zerfrißt.«

»Und wenn nun alle wären wie du?« fragt Ralf. »Ohne den Mut, auch nur ein Kaninchen zu jagen, stets von bösen Geistern gehetzt? Hundert Zweifel vor jeder Tat, und am Ende siegen immer die Bedenken? Es gibt nicht viele Frauen wie Julia, die Männern wie dir die Skrupel am Leben nehmen. Von sorgenden Brüdern wie mir ganz zu schweigen. Und darf ich dich, ohne uns die gute Laune zu verderben, daran erinnern, was mit Vater geschah, der ja glücklich und zufrieden mit seiner Familie im Farmhaus auf dem Lande leben wollte? Auch für uns hatte er dieses stille

Glück geplant. Es sollte nicht sein! Ich weiß nicht, was Gott von uns Menschen auf dieser Erde erwartet. Aber ich glaube nicht, daß er uns mal einen sonnigen, gemütlichen Urlaub spendieren wollte. Irgend etwas Größeres hat er denn doch mit uns vor. Eine Prüfung, ja Wachstum, eine Evolution! Und irgendwann das Ende und die Erlösung. Gewiß wird dich auch der Hinweis weder trösten noch überzeugen, daß der berühmteste aller Prediger unseres Landes an meinem jüngsten und größten Projekt beteiligt ist, daß er mich rief, um mich und mein Werk zu segnen, daß er Gottes Willen darin sieht. Auch er mag sich irren, wie sich ja alle irren – außer dir!«

Die Geschichte vom Treffen mit Talbot Jones läßt Erik nicht unbeeindruckt. Auf irgendeine Art ist dieser Gottesmann auch eine Streit- und Leitfigur der kulturellen Szene. Nicht mit offenem Beifall verehrt, aber doch heimlich respektiert, wie das klassische Markenzeichen auf der Colaflasche, wie Mickey Mouse oder Hollywood. Erik, vom Religiösen angerührt, erzählt nun seinem Bruder von seinem eigenen Rausch: von jenem glanzvollen Buch mit den Versen des Hubertus Fischer, das durch einen Zufall, genauer durch Julias Rettungstat, für kurze Zeit in seinen Besitz gelangte. »Ein bißchen«, sagt er, »erinnert mich die Geschichte immer an Evas Verführung im Paradies.«

Jetzt ist es an Ralf, Respekt für ein Projekt seines Bruders zu zeigen: den mutigen, originellen Versuch, eine Klage aus dem Mittelalter wiederaufzunehmen, die Spuren eines Zweiflers durch fünf Jahrhunderte zurückzuverfolgen. »Nur«, warnt er mit Nachdruck, »ihr solltet euch beeilen! Die Sache ist nicht ohne Gefahr! Wenn der Eigentümer plötzlich öffentlich Alarm schlägt, wenn das Buch zur Fahndung ausgeschrieben wird, dann ist es zu spät, dich und deine Zeitung mit irgendwelchem Ruhm zu schmücken. Aus dem Entdecker und Retter kann sehr schnell ein Hehler werden.«

Doch schließlich – zweimal vier leere Bierflaschen stehen schon auf dem Tisch – fragt Ralf, was er den ganzen Abend über bewußt zurückgehalten hat: »Wie war's denn eigentlich auf Jamaika?« Die Antwort kommt etwas gedämpft, fast beiläufig. Jede Einzelheit muß Ralf mühsam aus Eriks Gedächtnis kramen: Ja, ein schönes Hotel; am ersten Tag starker Wind; die atemberaubende Landschaft; ja, jener sympathische alte Herr, der Besitzer, irgendwie habe er ihm leid getan. »War er allein?« bohrt Ralf. »Wer war da noch? Was sprach man denn so von Bachmann Enterprises?«

Umständlich, als wolle er nach so viel Bier ein leichtes Angetrunkensein zur Entschuldigung vorbringen, und mehr auf das Suchen nach dem Flaschenöffner konzentriert als auf die Erinnerungen an jene Reise, fällt ihm dann dieses und jenes doch noch ein, worüber er auch mit Julia nicht allzuviel gesprochen hat nach seiner Rückkehr. Eine tropische Nacht, ein traumhaft beleuchteter Swimmingpool, ja, und eine bemerkenswerte Tochter des Hauses, die keine Gelegenheit ausgelassen hatte, sich mit dem Gast zu streiten.

»Gefällt sie dir?« fragt Ralf.

»Sie ist schön, und sie ist ehrlich. Und sehr streng! Von Bachmann Enterprises hält sie nicht viel.« Und lächelnd tröstet ihn der Bruder: »Das ist nun einmal mein Schicksal, daß es mir nicht gelingt, die Schönen auf meine Seite zu ziehen. Aber die Welt dreht sich nach meinen und nicht nach euren Gesetzen. Was ich dir jetzt sage, wird dir nicht gefallen. Auch ihr gefiel es nicht und nicht ihrem Vater. Wir haben das Hotel gekauft, und wir haben es schon wieder verkauft. Das ist nicht gut, das ist nicht böse. Es ist einfach so. Dieser Familienbesitz des sympathischen alten Herrn und seiner strengen, schönen Tochter war nicht mehr zu retten. Er wird es eingestehen und dir das gewiß auch gesagt haben. Ein Käufer, der bereit gewesen wäre, die Anlage im Stil der Kolonialzeit weiterzuführen, war nirgendwo aufzutreiben. Aber eins kann und werde ich tun, um das Lebenswerk eines freundlichen alten Mannes in unsere Tage hinüberzuretten: jener Swimmingpool in den Farben einer tropischen Nacht, jene mächtigen Bäume, die Göttergestalten aus Marmor, die ganze verzauberte Kulisse, selbst die Vögel und all die Pflanzen werden umziehen und ein paar tausend Kilometer entfernt im Norden eine neue Heimat finden. Am alten Standort rentieren sich solche Paradiese nicht mehr. Jamaikaner wie Fremde wollen heute Spielkasinos und Fitneßcenter. Und so habe ich meinem Käufer den Abriß des schönsten Teils dieser Anlage als Übernahme von Renovierungskosten schmackhaft gemacht. Und in meinem Traum – auf Vaters alter Farm – wird jetzt jeder Stein und jeder Zweig und Lichtstrahl die Stimmung entfachen, die einst am Strand von Jamaika herrschte.«

Sie treten schweigend hinaus auf die Terrasse. Unter ihnen leuchtet New York wie ein Meer aus Milliarden Sternen. Und ihre Träume und Gedanken schwärmen aus, landen in Jamaika, fliegen heim in die Kindheit auf der Farm und zurück zu ihrem Wolkenkratzer über der lauten Stadt. Überall dort, wo er ist, träumt sich der Mensch gern wieder fort. Und was er hat, erkennt er erst, wenn es längst verloren ist. Allzu verschieden sind die Träume der beiden Brüder nicht, Phantasien in türkis und schwarz und glänzend weiß, Schwaden eines wehmütigen Liedes. Und könnte sich, wie bei einem Fernsehprogramm, der eine einschalten in die Bilder des anderen, dann sähe er mit Erstaunen und Schrecken dasselbe lange, trotzig zurückgeworfene Haar, dieselben dunklen, traurigen Augen.

Der Mönch im Blütenhimmel

Gütig lächelt der Abt. Sein volles, rosiges Gesicht verklärt sich zu jener aufmunternden Grundhaltung des Verstehens, zur in der Würde seines Amtes gereiften Nachsicht für fast alles, was das Leben da draußen vor der Mauer an Verirrungen und Versuchungen zu bieten hat. Nun ja, was dieser junge Amerikaner in seinem korrekten und für den warmen Frühlingstag nicht eben praktischen grauen Anzug unzusammenhängend vorträgt, scheint alles in allem ein Anliegen an die weltlichen Instanzen. Aber die, so hört der Pater Athanasius nicht ohne eine gewisse Zufriedenheit, waren in dieser Sache einfach überfordert.

»Ein Hubertus Fischer also, hier in der Gegend soll er gelebt haben. Ein Mann der Bücher und der Bildung. Warum nicht? Der Name läßt vermuten, daß auch in diesen Tagen gut drei- oder vierhundert Fischer im Grazer Telefonbuch verzeichnet sein mögen. Hubertus, der Vorname, ist schon seltener, gewiß. Und nun, wenn ich das richtig verstehe, mein Sohn, hat man dir bei der Stadtverwaltung den Rat gegeben, dort anzuklopfen, wo – wenn wir es einmal so ausdrücken wollen – vor 500 Jahren die öffentlichen Verzeichnisse geführt und abgelagert wurden. Ja, doch, da ruht wohl einiges in den Kellern unseres Klosters.

Aber ganz so schnell, junger Freund, funktionieren die Dinge bei uns nicht. Schon deshalb nicht, weil Bruder Eugen, der dort unten in den Gewölben die Aufsicht führt und die Übersicht hat, sich heute morgen zum Gartendienst trollte. Dies, unter uns, ist seine große Liebe, seine Leidenschaft. Und manchmal habe ich den ernsten Verdacht, daß unser Bruder zwischen den Blüten und Pflanzen mit mehr Inbrunst nach dem Willen unseres Herrn und Schöpfers sucht als in den Büchern der Heiligen Schrift. Aber das, mein Sohn, werden wir Klosterbrüder unter uns zu regeln haben. Ich mag es unserem Archivar und Bibliotheksdirektor nicht antun, ihn sofort wieder aus seiner Blütenseligkeit zu den Folianten zu beordern. Ein paar Stunden Zeit zum Harken und Schneiden und Graben und Mit-den-Fingern-in-Gottes-guter-Erde-Wühlen wollen wir ihm noch gönnen. Und dann soll er uns zeigen, wie er sein 15. Jahrhundert geordnet hat. Komm also wieder, mein Sohn, oder sei unser Gast und leiste dem Bruder in seinem kleinen Paradies Gesellschaft. Ein bißchen gebildete Unterhaltung mit einem Gast von so weit her wird ihm sicher nicht schaden, und vielleicht kann auch dem mondänen New Yorker eine kurze Rast in unserer Idylle Kraft zu neuen Abenteuern geben.«

Im Grunde würde Martin lieber telefonieren. Ins Hotel gehen, den Fernseher einschalten, ein paar Nummern durchrufen in der Redaktion und in der kulturellen Szene, all die tausend New Yorker Probleme auf den neuesten Stand bringen, einfach den Klang vertrauter Stimmen hören, wieder ins Lot kommen mit der richtigen Welt. Vor allem die Stimme von Christine würde er jetzt gern hören, diese unverbindliche, fröhliche Stimme, etwas spöttisch, immer hastig, selbstbewußt und selbstverliebt. Aber soviel hat er nun schon mitbekommen von einer sich um die Sonne drehenden Erde, daß Amerika noch schläft, wenn es hier in Europa Vormittag ist.

Und so folgt er einer vom Abt herbeigewunkenen stummen Gestalt durch feuchte und kühle Gewölbegänge, durch dunkles Gemäuer und plötzlich hell aufblitzendes Licht, durch einen kahlen Vorraum und eine kleine Kapelle. Über ausgetretene Steinplatten führt der Weg und über recht hohe Schwellen, in denen sich im Lauf der Jahrhunderte flache Mulden gebildet hatten, zum Kreuzgang des Klosters, durch dessen von der Zeit beriebene Säulen er die Sonne auf verwildertem Rasen ausgebreitet sieht wie ein schützendes Laken auf einem Teppich, den man nicht betreten darf. Bei jedem Schritt auf eine der hohen Stufen hebt der stumme Mönch vor ihm die bodenlange Kutte, und Martin wird es eng ums Herz bei dem Gedanken, sich nun ein paar Stunden lang mit einem dieser dunklen Männer anzuschweigen.

Die kleine Tür am Ende des Kreuzganges führt in einen schmucklosen Durchgangsraum – wohl zu den Zellen der Mönche –, eine Steintreppe windet sich in die oberen Geschosse, und der gebeugte Führer geht geradeaus auf ein etwas schiefhängendes, eisenbeschlagenes Tor zu. Er hat einige Mühe, es anzuheben und zu öffnen. Und dann steht Martin, der aus dem dunklen Gemäuer kommt, wie geblendet in strahlendem Sonnenlicht auf einem Rasen mit weitem Blick auf die Stadt und den Fluß tief unter ihm, der sich in mattem Blau mit grünem Rand vorbei an rotgewürfelten Dächern dem Horizont entgegenwindet, um dort in einer gewaltigen Bergschüssel zu verschwinden.

Gemessen an New York und eigentlich jeder städtischen Kulisse in den USA wirkt die Landschaft hier wie ein längst aus der Mode gekommenes, bunt gehäkeltes Tischtuch oder wie ein Wandteppich, der eine ganze Front des Metropolitan Museums einnimmt, und dessen Wirkung durch Lichteffekte und geschickte optische Täuschung bis ins Unendliche verlängert wurde. Es fehlte nur die Stimme des Anthropologen auf dem Head-Set: »Hier in den abgelegenen Bergregionen Europas ist die Zeit in den letzten 200 Jahren stehengeblieben ..., die Strenge religiöser Sitten verhinderte den Einzug moderner städtischer Soziologie und Architektur.«

Der schweigsame Mönch ist weitergegangen, aber Martin bleibt stehen und sieht sich um. Die Klostermauer hinter ihm ist mal hell- und mal dunkelgrün von Efeu überwachsen, und das Tor, durch das er gerade kam, erscheint ihm nun wie der Einstieg in ein verstecktes Bergwerk. Der weite Blick auf das Bilderbuchpanorama wird im Vordergrund von einer kleinen Mauer und ein paar spielerisch angeordneten Säulen begrenzt. Weiter links steht eine Bank, und hinter ihr öffnet sich eine gewaltige Schlucht von Bäumen, von deren Kronen Trauben blauvioletter Blüten hängen wie schwere Leuchter.

Der Mönch ist verschwunden in diesem geheimnisvollen Park, und Martin zieht nun staunend hinterher. Ihm ist, als wenn er das Tor von dieser Welt in eine andere durchschreite, mit jener Bank als letztem Halt und letzter Rast, sich im Diesseits noch einmal zu sammeln und den Schritt nach vorn zu überdenken. Er taucht ein in das grünviolette Dämmerlicht und atmet den Duft dieses blühenden Himmels. Ein Gefühl der Neugier und des Geborgenseins zugleich hat ihn erfaßt, instinktive Furcht und instinktives Vertrauen. Langsam schlängelt sich der Pfad ins Ungewisse, und Martin kommt es so vor, als müsse irgendwo am Ende die Wahrheit stehen oder Gott oder ein Moderator aus einer Fernsehshow und alle Freunde und Kollegen – ja, warum nicht auch Christine? –, um zu klatschen und ihm zuzujubeln, er habe den großen Preis in diesem Überraschungsspiel gewonnen.

Dann öffnet sich die Blütengrotte, und auf einer kleinen Lichtung, wieder mit dem Blick weit über die Stadt, steht ein junger Mann in Tennisschuhen, dunklem T-Shirt und Jeans auf einer Leiter unter einem Baum. Er beschneidet Äste und frisch sprießende Zweige, um in dem lebenden Gewölbe Form und

Harmonie zu wahren. »Herzlich willkommen!« ruft es von oben. »Ich höre, Sie wollen zu mir, ich bin der Bruder Eugen!«

Martin grüßt und sagt erst einmal nichts. Hier zu schweigen, erscheint ihm spontan die intelligenteste und intensivste Form einer Unterhaltung. Er hört das Klicken der Schere und hört die kleinen Zweige fallen, es surren Bienen. Und er versucht, nun endlich einmal nicht mit seinen Gedanken bei Christine zu sein.

»Aus New York kommen Sie«, erklingt es schließlich von der Leiter, »ein Amerikaner, der nach seinen Vorfahren sucht?«

»Nein, nein«, erwidert Martin, ohne den Blick von der Gestalt zwischen dem Grün der Baumkrone zu wenden. »Die Sache ist komplizierter. Wenn ich sie Ihnen erkläre, dann halten Sie mich garantiert für verrückt. Wir New Yorker sind ein exzentrisches Völkchen und mit den anderen Amerikanern im Land nicht zu vergleichen. Ich bin dem Sinn des Lebens auf der Spur, zumindest mein Chef ist von dieser Idee besessen. Also, wenn Sie in Ihren Archiven einen Hubertus Fischer entdecken und dieser Mann hat die richtige Biografie, dann nimmt der Zeitgeist eine neue Wende. Eine Welle von Frömmigkeit wird ausbrechen in Amerikas intellektuellen Kreisen und dann auch auf Europa übergreifen. Vielleicht wird Kirche plötzlich wieder schick, und eure Ruhe, Bruder Eugen, ist dahin.«

Amüsiert gibt der Mönch seine Bereitschaft kund, für ein so großes Ziel den Frieden des klösterlichen Lebens aufs Spiel zu setzen. Und Martin versucht, so gut er es verstanden hat, die Botschaft und das Rätsel eines alten Buches zu erklären. Aus den Fragen, die Bruder Eugen da und dort von seiner Leiter stellt, bekommt Martin den Eindruck, daß dieser junge Gärtner das Denken jenseits der Klostermauern mindestens so sicher beherrscht wie er selbst. Und zwischen einem Trendforscher aus dem Strudel der Moderne und einem Schutzsuchenden in vergangener Zeit bahnt sich ein vertrauliches Verhältnis an – ein spontanes Sichverstehen von jungen Leuten, die beide so etwa auf halber Strecke zwischen zwanzig und dreißig sind.

»Es war nicht leicht, und es mußte reifen, den seit der frühen Schulzeit aufgebauten Drill, das ganze System der selbstverständlichen Werte und eingefleischten Gewohnheiten in Frage zu stellen und vor der Klostermauer abzulegen«, antwortet der Mönch auf die längst überfällige Journalistenfrage. »Ich war Anwalt. Ihrer Art zu denken kann ich wohl noch folgen. Und um auch die Frage nach dem Warum gleich mitzubeantworten – warum wird ein Jurist zum Mönch? Aus Leidenschaft und Zweifel, aus Sorge, daß die einmalige Chance des Lebens im eintönigen Zyklus des beruflichen Alltags versickert. Aus Sehnsucht nach dem wirklich Wichtigen und Absoluten. Andere schließen sich einer politischen Sekte an und glauben unerschütterlich, die Welt nach Jahrhunderten der Kriege und des Elends endlich ein für allemal zum Besseren zu wenden, wenn ihre Gruppe nur an die Regierung käme.«

Wieder Pause, wieder Scherenklappern und Bienensummen und der Duft der Blüten und der Blick ins Tal. Martin wartet, bis vor ihm die Stimme wiederanhebt, die Abkehr von den üblichen Rezepten des menschlichen Strebens zu erläutern. Ihm ist es behaglich, nicht selbst reden zu müssen. Nicht über New York, nicht über modernes Theater, nicht über Christine. Und so fährt Bruder Eugen fort, jede wichtige Passage mit besonders kräftigem Zuhacken der Gartenschere unterstreichend: »Anwalt zu sein, ist ja im Grunde ein schöner Beruf. Man hilft, steht anderen Menschen bei in der Not. Man kämpft für das Recht und die Wahrheit. Die Praxis meines Vaters hätte ich übernehmen können. So war es verabredet, so war es geplant. Aber was wäre denn ernsthaft mein Beitrag zum Recht und zur Wahrheit gewesen? Mein Lebensauftrag jahrein und jahraus hätte doch vor allem darin bestanden, für jene, die zufällig bei mir juristischen Beistand suchen, das Günstigste herauszuschlagen. Falls sie im Recht gewesen wären, desto besser für mich und das moralische Gefüge. Und falls nicht, dann hätte man eben von mir erwartet, die Sache auf irgendeine Art zu verwirren, im Prozessualen nach Schwächen zu suchen, belastende Zeugen oder Dokumente mit allerlei Bedenken in Zweifel zu ziehen.

Wahrheit, Recht ..., es wäre letztlich immer auf ein Ringen hinausgelaufen, was in diesem oder jenem Interesse liegt. Und so ist es überall, in jedem Beruf. Wer will schon ohne eigenen Vorteil das Gute? Wer sucht schon ohne Kompromiß nach Antworten auf die letzten Fragen? Warum sind wir hier? Was erwartet unser Schöpfer von uns?«

Diese Fragen, mit Heftigkeit ausgestoßen und durch heftiges Scherenklappern unterstrichen, mögen den einen oder anderen Zweig kraftvoller und radikaler getroffen haben, als es seinem vorschnellen Wachstum entsprach. Das Echte, zack; ohne Kompromiß, zack; warum sind wir hier? Zack.

Martin, sprunghaft in seinen Gedanken, erinnert dies an einen Friseur, auf dessen Stuhl er einst saß, und er so leichtsinnig war, sich während des Haareschneidens nach den schulischen Leistungen des Lieblingssohnes zu erkundigen. Der Klassenlehrer vor allem hatte dessen Talente völlig verkannt, bis dem empörten Vater der Kragen platzte und er zu einem Donnerwetter die Schule aufsuchte. Nach zehn, zwölf seiner kräftigsten Argumente, die der erboste Friseur noch lebhaft in Erinnerung hatte, war Martins Frisur ritschratsch zerhobelt.

»Also was«, öffnet er jetzt Bruder Eugens Bekenner- und Bekehrungsstrom wieder die Schleuse, »was erwartet denn Gott von uns Menschen?«

Und sofort sprudelt es von der Leiter, mit ganzer Leidenschaft aus abgefallener Juristenseele, den Mann von draußen und immer wieder auch sich selbst zu überzeugen: »... Daß wir ihn schauen in seinen Werken, daß wir das Ausmaß seiner Größe und seiner Güte erkennen, bewußt und aus vollem Herzen, unabgelenkt von unseren menschlichen Zielen und Gedanken. Ein Vogel, eine Pflanze, eine Blüte, betrachtet in Ehrfurcht, voller Liebe und Erstaunen! Mit offenen Augen, mit ungetrübtem Fühlen, mit unabgelenktem Riechen und Hören, mit ganzer Seele in diesen Blauregen eingetaucht – Minuten nur oder auch Stunden, ja, wenn es möglich wäre, ein ganzes Leben. Bei Tag der Blick auf den Strom, bei Nacht der Blick zu den Sternen, das heißt, das Geschenk des Lebens tiefer auszukosten als alles, was die Menschheit sich als Programme und Visionen setzt und was doch letztlich von begrenzter Wahrheit und begrenzter Dauer ist. Ich sage: Eine einzige dieser Blüten ist ein solches Wunderwerk, daß alle Gesetzesbücher und die Summe aller menschlichen Erfindungen dagegen verblassen!« Und diesmal, wohl weil den Redner die Ehrfurcht vor dem Blühenden und Grünenden erfaßte, kein Schnitt, kein Zuschnappen der Schere und kurz darauf das Zusammenklappen der Leiter.

Beide sitzen nun nebeneinander auf der Mauer, bemüht, die skeptischen Gedanken am eigenen Konzept zu widerlegen, bevor sie überhaupt geäußert werden. »Ich folge Ihnen hier, und ich folge Ihnen jetzt, aber ich glaube Ihren Worten nicht auf die Dauer«, bricht Martin das Schweigen. »Spätestens wenn ich wieder im Flugzeug sitze, werden sich die Linien meiner Einsicht verschoben haben. Da gibt es Arme und Reiche und Recht und Unrecht, und nicht weit von dieser Stadt und von diesem herrlichen Garten bringen sich Menschen verschiedenen Glaubens um. Von Jahrhundert zu Jahrhundert bis in die heutige Zeit, grausam und gnadenlos, und jede Seite ist überzeugt, es sei Gott, der ihnen gebiete, den anderen zu hassen. Doch Gott hält sich aus alldem heraus und spricht nie ein klärendes Wort.«

Und mit leisem Seufzen fährt Martin fort: »Ja, wenn wir alle ins Kloster gingen, das wäre eine Lösung. So mancher Herzenssturm und so viel Verwirrung blieben uns erspart. Und damit wäre ich wieder bei meinem Auftrag. Auch jenen Hubertus Fischer, nach dem ich suche, plagten ähnliche Zweifel. Der Mann war nicht glücklich, er hatte Fragen an seinen Gott. Den Blättern eines alten Buches hat er sich anvertraut. Mein Chefredakteur ist durch seltsamen Zufall an dieses Buch geraten und hat mich auf die lange Reise geschickt, um nach Spuren dieses Zweiflers zu suchen. Hier bin ich also, Bruder Eugen, und Sie sind meine letzte Hoffnung. Alle weltlichen Instanzen in Graz habe ich schon konsultiert, sie konnten mir nicht helfen.«

»Wäre nicht auch über ganz persönliche Herzensstürme zu reden?« fragt der Mönch, als wolle er noch etwas Zeit in der Sonne herausschlagen. Die leichte Erregung in Martins Stimme hat ihn auf diese Fährte gebracht. »Ich will nicht indiskret sein. Sie sollen nicht beichten. Aber wenn wir schon über die Verwirrungen der Menschheit reden, dann sollten wir auch mal über uns selbst nachdenken. Wie oft fallen große Worte über Gott und die Welt, und plötzlich steckt sehr persönlicher Kummer dahinter.«

Der Mönch läßt ihm Zeit. Unten liegt die Stadt, die Martin wie ein bunter Spielzeugkasten vorkommt, wenn er an New York denkt. Hier, im Schutz der Klostermauern, weit weg von den Ratschlägen und dem Klatsch der Kollegen, erzählt er Bruder Eugen von seiner unerwiderten Liebe. Er erzählt von Christines Lächeln, von seinen tiefen und ihren unverbindlichen Gefühlen. »Mir ist klar, das Problem bin ich. Warum muß ich sie lieben, ausgerechnet sie? Warum so außer Kontrolle geraten? So viele andere wären leichter zu erobern. Warum konzentrieren sich plötzlich alle Gefühle nur noch auf diesen einen Menschen, wenn doch schon mit wenig Verstand klar erkennbar ist, daß alle Liebe und alles Leid zu nichts führen werden? Da beneide ich den Mönch um seine Liebe zu Gott. Es macht Ihnen nichts aus, es freut Sie sogar, wenn er nicht nur Sie, sondern alle Menschen liebt.«

Bruder Eugen schweigt, und nach einer Weile sagt er, nicht missionarisch, eher ein wenig traurig: »Ich habe solche Liebe nie gespürt, mich hat Ihre Leidenschaft nie ergriffen. Aber wenn ich Gottes Liebe und Allmacht im Anblick des Himmels oder einer Blüte erspüren soll: ja, warum dann nicht auch beim Anblick eines anderen Menschen? Auch er ist sein Werk, nach seinem Bilde hat er sie erschaffen: den Mann und die Frau. Und wenn sie sich lieben, im kurzen Rausch oder für ein ganzes Leben, warum sollte nicht auch das eine Form des Gottesdienstes sein? Ich weiß, solche Gedanken sind nicht kirchenoffiziell, und für einen Mönch sind sie möglicherweise Sünde. Aber redlich sind diese Fragen schon. Und wem sie auf der Seele brennen, der muß auch redlich sein zu Gott. Ich kann nur für dich beten, falls ich mich überhaupt hier einmischen darf. Denn die Liebe ist nun einmal eine urgewaltige Kraft. Sie kann erheben, sie kann zerstören. Mit Logik ist sie nicht wegzuerklären, auch fromme Sprüche können das Feuer nicht löschen. Üblicherweise ist es die Zeit, die die Gefühle dämpft und die Schmerzen stillt.«

Er steht auf, klemmt seine Leiter unter den Arm und verschwindet in der Blütengrotte. Und wieder heraus kommt eine Gestalt in brauner Kutte und Sandalen. Fast scheint es Martin, als gehe Bruder Eugen nun auch etwas gebeugt, als wäre das Gärtnern in Jeans und T-Shirt und Tennisschuhen eine Art Freigang gewesen. »Ich werde mir morgen vom Ehrwürdigen Vater Athanasius wieder ein paar Stunden im Garten herausargumentieren, um all die Zweige zu zerkleinern und zum Kompostieren zu tragen.«

Der Mönch schreitet nun zielstrebig durch den Blütenhimmel, wo am Ende des blauen und grünen Gewölbes die dunklen Gemäuer des Klosters sichtbar werden. Und als wolle er die plötzlich spürbare Steifheit zwischen zwei eben noch unkomplizierten jungen Leuten etwas auflockern, greift er da und dort auf dem Weg in das dichte Grün, lüftet die Zweige und legt dahinter ein rostiges Drahtgestänge frei. »Der verzauberte Garten ist ein äußerst kunstvolles Werk«, erklärt er dem Besucher. »Es gibt hier viele Verstecke und kleine Geheimnisse, die wir von Mönch zu Mönch und von Generation zu Generation weitergeben. Ein wenig haben wir Gärtner der Schöpfung nachgeholfen. Der robuste Goldregenbaum mit seinen starken Ästen wurde vor gut hundert Jahren von längst verstorbenen Brüdern in ein Korsett stählerner Stangen gepreßt. Und er wuchs kraftvoll und doch geordnet: die Stämme gerade nach oben, die stärksten Äste zum Gewölbe geformt. Jahre später haben die Brüder dem Goldregenbaum den leichten Blauregen als Kletterpflanze auf die Schulter geladen. So blüht die Schlucht jetzt violett, und ein paar Wochen später blühen Schlucht und Bäume wieder. Dann sind es die eigenen, goldgelben Trauben, die wie schwere Laternen vom Blätterdach herunterhängen. Ich lade dich herzlich ein, noch einmal im Juni wiederzukommen und das Wunder in neuen Farben zu bestaunen.«

Ein letzter Blick auf die Stadt und den Fluß, und schon öffnet sich die Gruft des Mittelalters. Martins Schritt ist ungeduldig geworden. Es drängt ihn, seine Mission nun rasch zu erfüllen und wieder abzufliegen. Der Mann in der braunen Kutte, der dies spürt, nimmt seinen Monolog wieder auf, während sie durch die schattige Kühle des Kreuzganges gehen. »Ja, wir Mönche sind eine geduldige Menschenkette. Jeden Baum, den ich heute beschneiden darf, hat ein verstorbener Bruder gepflanzt. Und jeder Setzling, den ich neu in die Erde stecke, wird von Brüdern nach mir geschnitten und gewässert werden. Wie kurz oder lang der Herr mein Leben auch plant: Hier wird er mich finden, in zehn, zwanzig oder fünfzig Jahren, wenn er mich ruft. Und du, Martin, das sagt mir mein Gefühl, wirst nie wieder deinen Fuß in diesen Garten setzen. Du wirst herumziehen in der großen Welt, wirst viele neue Menschen kennenlernen, und trotz deines Sehnens nach diesem einen Menschen, glaube ich, es ist eine Unruhe in deinem Leben, die dich drängen wird, auch schnell wieder Abschied zu nehmen. Ich aber werde jeden Stein in diesem Gemäuer und jedes Fleckchen Erde in unserem Garten tausend- und abertausendmal ertasten und unter meinen Füßen spüren. Und jede Berührung und jeder Schritt ist ein Gebet. Die Blumen und Bäume werden mir zur Familie, bis auch mein Körper eines Tages wird wie sie. Wir werden zusammenwachsen zum Lobe des Herrn – ein bunter Strauß, ein stilles Biotop. Und ihr da draußen in eurer Geschäftigkeit wißt nicht einmal, daß es uns gibt. Vielleicht, eines Tages in der Ewigkeit, da treffen wir uns wieder.«

Martin starrt auf den Boden. Einige der großen Steine weisen alte Inschriften auf, nur Bruchstücke sind noch zu erfassen. Ihm wird plötzlich klar, daß er über die Grabplatten verstorbener Mönche schreitet. Im Schriftband an den Außenrändern liest, rät oder kombiniert er mal eine Jahreszahl: Da, diese letzten Ziffern müssen wohl »... 32« sein! Das Jahrhundert ist schon zur sanften Kuhle ausgetreten. »Hic situs est in Christo ...« kann er dort entziffern. »Hic requiescit eminentissimus et celsissimus princeps ...« Es wäre Martin schon recht, hier plötzlich das Grab eines Hubertus Fischer zu entdecken. Den teuersten Fotografen des Ortes würde er herbeizerren und ihm jedes Honorar zusagen, wenn er seinem Chef fern in Amerika ein solches Titelbild mitbringen könnte von dieser exotischen Expedition. Aber Namen, so scheint es, haben den schlurfenden Sandalen der Mönche am wenigsten standhalten können.

Auch die Innenwand des düsteren Kreuzganges – er hat dies auf dem Hinweg völlig übersehen – ist dekoriert mit Platten. Hier gelingt es schon mal, Namen zu entziffern. Aber ein »Eminentissimus Hubertus Fischer« ist nirgendwo dabei. Da und dort ragen Bischofs- und Mönchsfiguren aus der alten Mauer: Gewänder wehen in Stein, Hände umklammern das Kreuz oder das Buch. Hier ein Gesicht versteinert im Schmerz und da in frommer Verzückung.

Sie sind an einer breiten Treppe angekommen. Etwa zwanzig Stufen führen nach unten zu einer fast ebenso breiten Tür. Aufschließen, Knarren, Dunkelheit. Eine Wolke staubtrockener Luft schlägt ihnen entgegen, dann aufflackerndes Neonlicht. In wuchtigen Regalen Bücher, Bücher, Bücher ... Bruder Eugen geht voran durch einen langgezogenen, fensterlosen Raum, aus dessen Seitenwänden die stämmigen Regale herauszuwachsen scheinen. Martin folgt ihm an schweinsledernen Folianten vorbei, die mit Ketten an den hölzernen Gestellen befestigt sind. Vorbei an Pulten, die an Kirchenbänke erinnern, auf denen gewaltige Bände schon griff- und lesebereit lagern wie Gesangbücher für ein Riesengeschlecht. Martin kommt es so vor, als sei er in die Registratur der Menschheitsgeschichte geraten, in Archive, aus denen die himmlische Verwaltung am Tage des Gerichts ihre Akten hervorholt. Und als wolle er sich gegen den Sturz in zu tiefe Ehrfurcht schützen, kommt ihm als Rettungsanker eine respektlose Erinnerung an einen jener Partywitze in den Sinn, der ihm aus dem täglichen Slalom New Yorker Gesellschaftskreise im Gedächtnis blieb. In jenem weltberühmten Museum, das die Stadt einem erfolgreichen Bankier und leidenschaftlichen Sammler verdankt, hatte ein Festredner nach einer Reihe recht trockener Betrachtungen sein Publikum mit dem Hinweis aus kultiviertem Dösen gerissen, ein mittelalterliches Buch sei wie ein Walfisch: Beim Berühren festen Bodens drohe beiden die Gefahr, vom eigenen Gewicht erdrückt zu werden.

Zum Ende des Raumes hin werden die Buchrükken schmaler und heller, auch einförmiger, sauber geordnet wie Akten. Und schließlich stellen sich mehrere Regale von links und rechts quer bis fast in die Mitte und versperren den Weg nach vorn. Bruder Eugen zieht in sanften Kurven an diesen Hürden vorbei, dann öffnet sich die Barrikade auf einen freien Platz, wo ein großer Schreibtisch steht. Nur ein paar Bücher und Papiere liegen darauf herum, und der Blick fällt auf einen grauen Computer mit den üblichen Nebengeräten und Kabeln.

»Also, wir suchen einen Hubertus Fischer, nimm dir einen Stuhl, mal sehen, was wir in unseren Büchern haben.« Bruder Eugen schaltet den Computer ein, und während der vor sich hinpiepst und in wirr auf den Schirm geworfenen, viel zu schnellen Kommandos seine Programme aufbaut, setzt er wie im Selbstgespräch die völlig einseitige Unterhaltung fort: »Die Jahreszahl war 1471, so, sagst du, stand es im kostbaren Buch. Fünfzehntes Jahrhundert in Graz, das war schon eine bemerkenswerte Zeit: glorreich und jammervoll. Wir hatten einen Herzog, der wurde deutscher König und schließlich sogar Kaiser. Ich hoffe, auch einem Amerikaner ist klar, daß das im ausgehenden Mittelalter so etwas wie das höchste Amt auf Erden war. Aber Türken, Böhmen und Ungarn hatten wenig Respekt vor unserem Habsburger Kaiser. Friedrich III. war entschlußlos und glücklos, hin- und hergerissen zwischen Hilflosigkeit und Größenwahn. Nicht einmal sein Stammland Österreich konnte er zusammenhalten, überall Aufstände und Feinde, beeindruckend ist die Zahl seiner Niederlagen.«

Martin schreibt dies alles mit, Wort für Wort, des historischen Umfelds wegen. In großer Zeit also hatte Hubertus Fischer gelebt, im Zentrum eines Wirbelsturms. Was dieser Fischer auf den Innendeckel eines alten Buches schrieb, kann dem Lebensgefühl jener Tage entsprungen sein: Zerrissenheit, übersteigerte Selbsteinschätzung und ernüchternde Realität. Dergleichen, das wird einem jeder New Yorker Psychiater sagen, führt zu bitteren Fragen an Gott.

»1471, da war irgend etwas«, setzt der Mönch seine Geschichtsstunde fort: »Ein Aufstand daheim, eine echte oder nur eingebildete Verschwörung, es hatte Hinrichtungen gegeben, Adlige aus der Umgebung, denen der Kaiser nicht mehr traute. Denn Friedrich III. konnte mißtrauisch und rachsüchtig sein, neben seinen anderen bemerkenswerten Eigenschaften. Geiz wird ihm nachgesagt und ein Hang zu Aberglauben und Alchimie. Überliefert ist zum Beispiel das Schicksal seines Münzmeisters Balthasar von Eggenberg. Er war so leichtsinnig gewesen, seinem Kaiser Geld zu leihen, und als er sich die Respektlosigkeit erlaubte, irgendwann die Rückzahlung anzumahnen, landete er im Gefängnis und starb unter der Folter. Und doch«, schließt Bruder Eugen seinen Ausflug ins Grazer fünfzehnte Jahrhundert, »dieser Kaiser hatte auch durchaus Stärken. Seinen Sohn Maximilian hat er geschickt vermählt, und wer auch immer mit ihm in Streit und Kriege verwickelt war: Kaiser Friedrich überlebte einfach alle seine Feinde. Und als er starb, war das Reich stark und vereint.«

All dies steht nun in Martins Notizblock: Intrigen, Glanz und Grausamkeiten, um die die Drehbuchschreiber von Hollywood den New Yorker Journalisten beneiden könnten. Und dann die bange, die alles entscheidende Frage, die Eingabe in den Computer: »Fischer and Hubertus, Enter!« Ein kurzes Flackern auf dem Schirm und dann das Urteil: »1426, Band 349, Seite 603; 1692, Band 1236, Seite 112; 1704 ...« Insgesamt weisen die Bücher dreiundzwanzigmal die beiden Namen aus: Fischer und Hubertus, und nur der erste kann es, muß es sein!

»Du weißt«, sagt der Mönch mit Stolz, »wir sind kein Einwohnermeldeamt. Was wir registrierten von Jahrhundert zu Jahrhundert waren Geburten, Hochzeiten, Sterbefälle. Ich habe nur die Geburtsdaten in den Computer eingegeben, alles andere läßt sich dann leicht in den Originalen erblättern.«

Zurück durch die Schlucht der Regale, fast bis zur Tür, dann auf die linke Seite. Ein schwerer, schweinslederner Band, beschabt, der Bund lädiert. Bruder Eugen preßt ihn an seine Brust, um beim wenn auch kurzen, so doch berufsbedingt recht häufigen Tragen der schweren Blöcke Schäden von seiner Wirbelsäule fernzuhalten. Er legt den Folianten auf ein Lesepult und blättert.

Martin ist so erregt, als wäre Christine in das Kellergewölbe eingetreten. Und dabei war er auf verzweifelte Weise sicher gewesen, nichts außer ihr könne ihn noch erschüttern. Vorsichtig blättert Bruder Eugen im 349. Band, findet die Seite 603, beginnt zu lesen. Martin versucht, über seine Schulter gebeugt, mitzulesen. Aber die seltsam fließende Schrift kann er an keiner Stelle entziffern. Daß die Eintragungen in lateinischer Sprache sind, macht ihm die Sache nicht leichter. Selbst mit den Zahlen hat er Mühe. Eine Eins und die Zwei kann er noch entschlüsseln, doch da gibt es ein paar seltsame Schleifen, die wohl auch Zahlen bedeuten und die ihm unverständlich bleiben.

Bruder Eugen liest und schweigt, schweigt lange, was Martin nicht als gutes Zeichen nimmt. Dann sagt er: »Filius cauponi Johanni Fischeri, das war sein Vater, von seinen Söhnen hieß wieder einer Johannes, wie der Großvater, die Familie lebte bis weit ins sechzehnte Jahrhundert hinein in Graz ...« Ungeduldig wirft Martin ein: »Wo ist denn da das Problem?« – »Na ja«, antwortet der Mönch etwas verlegen, »diese Familie Fischer betrieb über fast 150 Jahre eine Gastwirtschaft unten am Fluß. Nicht eben eine der größten, doch ehrbar, wie der Chronist vermerkt. Ein Buch, wie du es beschreibst, will nicht so recht in diese soziale Umgebung passen. Handschriften, wertvolle Bücher konnten sich eigentlich nur Fürsten leisten oder Bischöfe, natürlich auch Klöster, die sie ja selbst herstellten. Auch reiche Kaufleute, Adlige, vielleicht ein Bankier waren damals im Besitz eines solchen Buches, ob nun handgeschrieben oder nach Johannes Gutenbergs neuer Erfindung gedruckt. Ein Gastwirt Besitzer eines illustrierten, goldunterlegten Belial? Zudem: Der Belial war ein heikles Buch in jenen Tagen, so gar nicht die Lektüre einfacher, ehrbarer Leute. Und überhaupt, ich stelle die Frage nicht gern: Ist es ehrbare Gastwirtsart, derart mit Gott zu reden? Es tut mir leid, in dir Hoffnungen geweckt zu haben, aber ich glaube, der einzige Hubertus Fischer, den ich dir anbieten kann, ist nicht der, den du suchst.«

Erschöpft sitzen sie nebeneinander. Sie sind sich einig, daß irgendein zugezogener oder durchreisender Hubertus Fischer der Dichter jener Verse und jener Zweifler sein muß, ein von den örtlichen Büchern nicht Erfaßter. Ein Ritter möglicherweise, den es in einem dahintreibenden Reich mal hierhin und mal dorthin spülte wie jenen hilflosen, unentschlossenen Kaiser. Auch er wurde nach immer neuen Niederlagen in alle Winkel seines Reiches verschlagen. Manchmal entbot man ihm ehrwürdigen Respekt, manchmal hat er sich bei seinen Untertanen das Dach über dem Kopf schon fast erbetteln müssen.

»Nun gut«, so faßt der Reisende aus New York die eingestürzten Hoffnungen zusammen, »ich werde meinem Chef recht spannende Geschichten über einen Habsburger Kaiser zu erzählen haben, mehr leider nicht. Es wird ihn schwer enttäuschen. Doch er wird einsehen müssen, daß New Yorks intellektuelle Kreise mit Enthüllungen über einen Gastwirt aus Graz wohl kaum zu erregen sein würden. Hubertus Fischer, unser Hubertus Fischer, bleibt auf ewig im Dunkel des Mittelalters.«

Der Mönch trägt das schwere Buch ins Regal zurück. »Es hätte dein Leben glücklich verändern können«, sagt er betrübt, »wenn wir aus diesen verstaubten Bänden die richtige Antwort hervorgezaubert hätten. Die Chance war nicht groß, doch da war eine Chance, und ein Erfolg hätte uns allen Auftrieb gegeben. Ich hoffe für dich und deine Freunde drüben in Amerika, daß ihr die Enttäuschung schnell überwindet. Ein Buch, ein Name, eine Jahreszahl –, vielleicht ist alles nur ein Spiel, vielleicht steckt eine Prüfung dahinter. Der Herr möge dir Frieden schenken! Dafür werde ich beten.«

Ein Felsenpaar im Wind

Es fällt schwer, nicht zu lachen. Im großen Park, der die Wolkenkratzer Manhattans durchschneidet wie eine Bergwiese das schroffe Felsmassiv, durch dessen grüne Schlucht allgegenwärtig die Türme ragen, im lauschigen Kessel, umbrandet vom Rasen und Toben der Stadt, auf dieser Insel, in dieser Stille wie im Auge des Taifuns nähert sich eine Gruppe gekrümmter Gestalten, die in den Büschen links und rechts der Wege behutsam irgend etwas sucht. Man könnte vermuten, da habe jemand sein Portemonnaie oder sein Schlüsselbund verloren, und zwanzig oder dreißig hilfreiche Passanten bücken sich, um es wiederzufinden.

Erik und Julia halten einander fest auf ihrem samstagnachmittäglichen Spaziergang, um nicht in plumper touristischer Art die Fassung zu verlieren und loszuprusten beim Anblick dieser skurrilen Schar. Irgend etwas Seltsames geht hier vor, etwas Schrulliges, Poussierliches und doch auch Anrührendes, das so gar nicht in diese Millionenstadt paßt. In dieser Stadt, in der das Häßliche und Schöne, Reichtum und Elend, Gewalt und Kultur in enger Nachbarschaft wohnen, wirkt nun einmal eine solche Prozession von schlichter Menschlichkeit, als wäre sie von einer anderen Welt: die sonst so nervenstarken, überheblichen, im Ertragen jeglichen Übels geschulten New Yorker wie von plötzlicher Einkehr befallen auf Knien zwischen Büschen und Gräsern und Steinen, einfältig und demutsvoll wie vom Zauberstab einer Naturgottheit berührt.

Dem ortskundigen, verblüfften Betrachter erscheinen diese Gestalten in derart inniger Hinwendung, ja im Gespräch mit Erde und Pflanzen, wie die Vorboten der Erlösung. Magisch angezogen nähern sich Julia und Erik der wundersamen Schar und machen deren Führer oder Lehrer oder Priester aus: einen Mann mit Tropenhelm und Rucksack in beigegelber Montur und Wanderstiefeln, in einer Hand ein Schmetterlingsnetz und in der anderen eine rote Beere, die er emporhält im Triumph.

»Sorgfältig und sanft vom Stengel abtrennen«, mahnt er seine Gemeinde, »und jeder nur eine. Nur eine! Der Pflanze muß die Möglichkeit erhalten bleiben, neue Früchte zu tragen, auch Menschen nach uns wollen noch ernten!« Emsig suchen währenddessen die Umtriebigeren der Gruppe in den niedrigen Sträuchern nach einem weiteren Schatz dieser Art, während die Passiveren und Ehrfurchtsvollen den kostbaren Fund ihres Führers vorsichtig weiterreichen von Hand zu Hand.

»Guten Tag«, ruft Julia durch die andachtsvolle Stille der abenteuerlichen Erscheinung zu, »wie schön, Sie hier zu treffen! Warum habe ich Sie vorher noch nie gesehen? Wer sind Sie? Was tun Sie?

Und dürfen wir Ihnen ein wenig zuhören bei Ihrer Lektion?«

Ein bißchen gekränkt, ein bißchen von oben herab, doch alles in allem stolz, hier aufklärend in ein größeres Publikum hineinzuwirken, antwortet der Mann unter dem Tropenhelm: »Ich bin Wild Man Steven Brill, und dies ist der Central-Park-Überlebenskurs. Ja, liebe Frau, ein Mensch kann hier mitten in der Großstadt von Pflanzen und Beeren und Pilzen und Wurzeln leben. Hier findet unser Organismus alles, was er braucht, ungedüngt und viel gesünder und schmackhafter obendrein als jedes Menü in einem der teuersten Restaurants. Die Natur ist vom Menschen nicht unterzukriegen. Selbst im Zentrum von New York blüht der Garten Eden. Wer sich auskennt und die Kraft und den Willen hat, der kann auch heute noch und mitten in Manhattan leben wie Gott es einstmals für Adam und Eva plante. Nur die meisten von uns sind viel zu verpäppelt und abgelenkt, und sie achten die Quelle des Lebens nicht.«

Vorwurfsvoll hebt er die Stimme: »Übrigens, Sie kennen mich. Sie müssen mich kennen, jeder kennt mich in dieser Stadt!« Und langsam wiederholt er seinen Namen, jedes Wort feierlich betonend: »Wild ... Man ... Steven ... Brill! Erinnern Sie sich nicht? In allen Zeitungen hat er gestanden. Denn irgendein Trottel in der Stadtverwaltung hatte die Idee, meine Überlebenskurse im Central Park zu verbieten. Alle Früchte und Pilze, die im Großraum New York geerntet werden, so hatte der Mann in seinen Vorschriften gefunden, müßten vor dem Verzehr von den Gesundheitsbehörden getestet und freigegeben werden. Ha! Das gab einen Sturm in der Morgenpresse, mein Bild auf jeder Titelseite! Das Fernsehen war da, der Bürgermeister hätte über soviel Dummheit stürzen können, wäre nicht in letzter Minute und an allerhöchster Stelle jemand zu Verstand gekommen. Sie haben mich als Gutachter für wilde Früchte in die Dienste der Stadt eingestellt. Was Sie hier sehen, ist nunmehr Teil eines offiziellen Programms, und jede Beere, die mir gezeigt wird und die ich für eßbar erkläre, ist damit staatlich geprüft und freigegeben. Doch nun genug, wir müssen weiter!«

Und wie ein Zeichen zum Sturm schwenkt der Mann unter dem Tropenhelm das Schmetterlingsnetz und führt seine Gruppe im langsamen Anstieg auf einen grasüberwucherten Felsen, neuen Abenteuern und Entdeckungen entgegen. »Vorsicht«, hört man ihn noch von der Höhe rufen, »keine Blume zertrampeln und bitte keine Zweige knicken! Jeder Halm und jede Beere können einem hungrigen New Yorker im Ernstfall überleben helfen!«

Am Teich entlang schlendern Erik und Julia weiter durch die kleine Welt des großen Parks. Die Sonne scheint, und sie fühlen sich wohl. Vor der Staffelei einer älteren Malerin bleiben sie stehen. Schwäne und Boote und Bäume und Blüten hat sie in leuchtenden Wasserfarben auf das Papier gemalt. Auch blauen

Himmel und Wolken. Nur die grauen und gläsernen Türme, die so unübersehbar hinter dem Grün an den Wolken kratzen, hat sie einfach weggelassen.

Ein paar Schritte weiter ein Märchenvorleser. Verträumt hängt ihm sein kleines Publikum an den Lippen. Er ist in theatralische Gesten versunken, während er das Märchen von Susy, der kleinen Katze, erzählt, die durch die offene Wohnungstür schlüpfte und nun einsam durch die Straßen der Millionenstadt läuft. Umsorgt und mehr als jeder Mensch gestreichelt, ist sie in einer wunderschönen Wohnung aufgewachsen, niemals in ihrem jungen und verspielten Leben war sie draußen in der verwirrenden Freiheit, nie vorher wurde sie von Autos gejagt und von übermütigen Jugendlichen mit leeren Dosen beworfen. Und dann ist da noch das kleine Mädchen aus behütetem Hause, das Susy so lieb hat und sie nun sucht. Es gerät von der großen, sicheren Straße ab, stolpert über Hinterhöfe, wo die Drogensüchtigen kauern, durch dunkle Gassen, in denen arglose Touristen überfallen werden, rennt weinend auf Menschen zu, die es nie vorher traf, jedenfalls nie in ihrer Armseligkeit auch nur halbwegs wahrgenommen hat. Überall fragt es nach Susy, wird ausgelacht und abgewiesen von finsteren Gestalten, bis schließlich brave Menschen, die nach schweren Schicksalsschlägen draußen im Kalten und Freien leben müssen, dem kleinen Mädchen bei der Suche nach seiner Katze behilflich sind. Und aus einer Mülltonne ertönt zum guten Ende der Fabel das erlösende Miau.

Zu Julia fühlen sich die Kinder sofort hingezogen. Ihr vertrauen sie, noch ganz im Bann der Geschichte, ihre eigenen kleinen Erlebnisse an, die so oder so ähnlich gewesen seien wie die des Mädchens auf der Suche nach Susy. Aus großen Augen in einem schwarzen Gesichtchen rollen plötzlich Tränen. Die Kleine schmiegt sich an Julia und sagt, daß ihr 15jähriger Bruder seit Wochen verschwunden sei und die Mutter schon aufgegeben habe, ihn zu suchen. »Warum haben Susy und ihr Kätzchen schließlich wieder ins Warme zurückgefunden«, fragt sie, »und warum mein Bruder nicht?« Julias Antwort ist ein Kuß auf das tränenfeuchte Näschen und der Vorschlag, daß sie beide und all die anderen hier – der Märchenerzähler eingeschlossen – nun Abend für Abend ans Fenster gehen, ins Dunkle schauen und ganz fest an den Bruder da draußen denken werden. »Er wird es spüren, wo immer er ist, es wird wie ein Leuchtfeuer sein, und vielleicht – eines Abends – findet auch er dann wieder nach Hause.« Die Mutter mit kummervollem Gesicht nimmt die Kleine sanft bei der Hand. Nach ein paar Schritten blicken die großen Augen noch einmal zurück, und Julia, da ist Erik ganz sicher, wird heute abend und an vielen Abenden ihr Versprechen halten und mit ihren Gedanken ganz fest bei diesem traurigen Mädchen und ihrem verlorenen Bruder sein.

An der Stirnseite des großen, nicht auf allen Wegen und zu allen Tageszeiten idyllischen Parks befindet sich der vornehme, sichere Teil der Anlage. Dort setzen sie sich auf eine sonnige Bank, gegenüber vom Plaza-Hotel. Sie beobachten einen Portier mit goldenen Kordeln, der ein kleines Heer von Pagen dirigiert, die den in Taxen und Karossen anrollenden Gästen bei der Beförderung ihrer Koffer und Einkaufspäckchen behilflich sind. Sie sehen den Pferdekutschern zu, wie sie romantische Paare in kleinem Kreis durch das Gewühl der Autos bugsieren. Sie betrachten verstohlen die Jungverliebten auf anderen Bänken. Hier ist die Welt, hier ist der Pulsschlag ihrer Stadt und sie beide mittendrin. Zwei Sternsplitter aus der Unendlichkeit, die sich getroffen haben, um eine kurze Strecke gemeinsam zu reisen.

Erik fühlt sich glücklich und schuldig, geborgen und verloren zugleich. Wie ist Liebe zu erklären? Warum ich und warum sie? Hat da irgend jemand im Himmel einen Einfall gehabt? Will er uns testen, oder führt er nur Experimente durch mit unserer unheilbaren Schwäche? Schaut er uns überhaupt noch zu, oder muß ihm seine Schöpfung nicht längst langweilig und lästig geworden sein? Und falls er enttäuscht sein sollte von den Menschen: Was hat er denn von uns erwartet? Wärme geht von Julia aus, eine Wärme, die er nicht erklären kann. Er legt einen Arm um sie und flüstert seiner ewigen, seiner verratenen Liebe ins Ohr: »Ohne dich bin auch ich ein herumstreunender Kater zwischen den Mülltonnen dieser Stadt.«

Julia ahnt den Ernst hinter seinen leicht dahingesagten Worten. Und sie teilt seine Sehnsucht nach diesem unbedingten Sich-aufeinander-verlassen-Können. Und sie spürt auch das Pochen quälerischer Gedanken von Sünde und Untreue, die er oder sie oder beide, im Traum oder im wirklichen Erleben, schon begangen haben oder noch begehen könnten. Unter Millionen Menschen greift sich der Blitz der Liebe zwei heraus, um sie zusammenzuschweißen. Warum gelingt es hier für alle Zeit und dort eben nur für kurze Dauer? Sind es die Sterne, die das Brennglas richten? Ist es der Gegensatz der Temperamente oder letztlich doch nur die flüchtige Schönheit, die nach Laune und sexuellem Verlangen die Leidenschaft entzündet? Und wächst in der Gewöhnung schon der Keim für den Verrat?

Wie oft haben sie solche Fragen hin- und hergewendet. Jede Antwort wurde schon hundertmal gegeben und jede Frage mit nie erlöschender Eifersucht auf beiden Seiten immer neu gestellt. Gibt es das überhaupt, dieses heilige Feuer der Liebe? Und müssen die Gefühle schon deshalb falsch gewesen sein, weil die Flamme nicht immer ruhig, sondern auch mal flackernd brannte? War nicht Jamaika nur ein Rauschen in den Palmen? fragt sich Erik. War es denn wirklich Verrat an seiner Liebe zu Julia? Er denkt an Philadelphia und jenes unvergeßliche Erlebnis. Bremsen quietschen, Türen öffnen sich, ein Film läuft ab …

Es war in Philadelphia vor sechs oder sieben Jahren, und Eriks Expreß nach New York hatte Verspätung.

Auf dem Gleis war schon der nächste Zug eingelaufen, der weiter in Richtung Süden fahren sollte.

Überraschend viele Leute stiegen in Philadelphia aus, geschäftig schob sich die Menschenmenge dem Ausgang zu. Erik erinnert sich an ein dumpfes, unverständliches Grunzen. Zwei Reisende waren vor ihm auf dem Bahnsteig stehengeblieben: ein junger Mann, ein junges Mädchen. Beide waren körperlich so schwer behindert, daß die Zahl ihrer Verwachsungen und Verrenkungen auf Anhieb nur schwer zu erfassen war. Und welche Anhäufung von Unvollkommenheiten sie auch mit sich herumzuschleppen hatten, wahrscheinlich trugen sie sie schon seit ihrer Geburt. Ihre Köpfe und Körper bewegten sich eckig, die Arme waren ungleichmäßig, einer zu lang, einer zu kurz. Die Sprache war für den Außenstehenden kaum zu verstehen. Und wenn sie ein paar Schritte gingen, dann standen die Schuhspitzen quer zur eingeschlagenen Richtung. Eriks erster, spontaner Gedanke war es gewesen, die Füße mit den zueinanderstrebenden Zehen müßten sich doch beim Gehen verhaken und die ohnehin schon schwankenden Körper ins Stürzen bringen.

Während die hastige Menschenmenge an ihnen vorüberströmte, versuchte der junge Mann, beide Arme durch die Trägerriemen seines Rucksacks zu stecken. Dies erwies sich als kompliziert. Die eine Schlaufe rutschte immer wieder ab, wenn er den anderen Arm durch die zweite zu stecken versuchte.

Mal hing der Rucksack zu hoch, mal hing er zu tief. Erik erinnert sich, wie der vom Schicksal so unfair behandelte junge Mann den schräg und steif am Hals befestigten Kopf nicht wenden und deshalb nur schwer koordinieren konnte, was denn da hinten auf seinem Rücken geschah. Und er, der vom Schicksal Bevorzugte, Gesunde hatte nur wenige Meter daneben gestanden und sich nicht entschließen können, ob er nun helfen sollte oder nicht. Ein Griff von ihm, und jeder der unbeholfen herumpendelnden Arme hätte ganz leicht seine Schlaufe gefunden. Erik hatte damals einfach zu lange nach der Antwort auf die Frage gesucht, ob dieses so ungewöhnliche Paar wohl von seiner Umwelt erwartete, daß ihm jemand behilflich war bei den Mühen des Alltags, oder ob sie die Hilfe der Gesunden als Bevormundung, als Eindringen in ihre private Sphäre betrachten würden. Im nachhinein war er nicht glücklich über sein Zögern damals, doch die zwei waren ihm nun einmal vorgekommen wie Wesen aus einer für ihn geschlossenen Welt.

Auch keiner der übrigen Menschen auf jenem überfüllten Bahnsteig war stehengeblieben oder hatte Anstalten gemacht, die beiden auch nur zur Kenntnis zu nehmen. Man ging um sie herum wie um ein technisches Hindernis, wie um abgestellte Koffer, Papierkörbe oder Bänke. Die beiden standen ganz ruhig und beobachteten gutgelaunt und mit wachem Interesse diese hastige, quirlige Welt: Dies also ist Philadelphia, dies ist ein Bahnsteig, wir sind jetzt da! Nichts trieb sie zur Eile, nichts schien ihre Gedanken auf irgendwelche Probleme abzulenken. Was sie sahen, schien ihnen zu gefallen, nicht einmal der Kampf mit dem Rucksack machte sie nervös.

Erik glaubte, noch nie zwei Menschen gesehen zu haben, die so bewußt erlebten, was der Augenblick ihnen brachte. Sie waren entspannt. Selbst auf diesem öden Bahnsteig feierten sie ein Fest ihrer Zusammengehörigkeit unter fremden Menschen. Wie ein Felsenpaar im Wind, an dem der Sand vorüberweht, so blieben sie in Eriks Erinnerung.

»Auch wenn es die schöne Stimmung kosten sollte«, weckt Julia ihn aus seinen Gedanken, »wir müssen noch eine Sache zu Ende bringen, für die wir heute früh beim Lesen der Zeitung keine rechte Lösung fanden. Und ich glaube, den idealen Ausweg werden wir auch jetzt nicht finden. Aber irgend etwas müssen wir tun. War Eva oder war die Schlange schuld, daß Adam nach dem Buch der Erkenntnis griff? Ich habe es dir herangeschleppt. Nun ruht der Fluch auf uns beiden. Auch wenn meine Absicht sicherlich zu loben war, das wunderschöne Werk vor der Zerstückelung zu bewahren, so haben sie nun einen Mann wegen Diebstahls im Verdacht, nur beweisen können sie noch nichts. Er war Hüter der schönen Bücher im Museum, bevor sie ihn entlassen haben. Er soll so um die sechzig sein, seine Frau hat Leukämie und braucht eine teure Behandlung. Woher, fragt sich die Polizei, hat er das Geld, die Ärzte zu bezahlen? Wenn du das Buch jetzt zurückgibst an das Museum, werden wir wohl eine Chance haben, einigermaßen heil aus dieser Affäre herauszukommen. Ein gütiger Richter wird uns tadeln, daß wir solange gezögert haben mit dem Gang zu den Behörden, doch da du reich bist und teure Anwälte bezahlen kannst: Wer wollte uns schon niedere Motive unterstellen? Nur mich plagt da noch ein besonderes Problem. Man wird von mir verlangen, daß ich den Dieb identifiziere, den Mann, der mich ansprach an jenem Abend, der drohte, das Buch dem Zerstörer mit dem deutschen Namen zu übergeben, wenn ich mich nicht erbarmte. Ich habe keinen Zweifel, daß er es ist, so wie sie den Verdächtigen in der Zeitung beschreiben. Er ist ohne Arbeit, alles Geld, das er von mir noch haben könnte, wird man zurückverlangen. Man wird ihn ins Gefängnis stekken, seine Frau wird mit Sicherheit sterben. Was sollen wir tun?«

»Ich habe eine Zwischenlösung«, sagt Erik und drückt seinen Arm noch fester um Julias Schulter. »Ich werde Martin bitten, das Buch eine Weile bei sich aufzubewahren. Er ist der einzige, der um die Geschichte weiß, wenn auch nur in groben Zügen. Für uns wäre es zu gefährlich, den kostbaren Folianten in unserer Wohnung zu behalten. Auch wenn wir nicht die perfekten Diebe sind, so sind wir doch die perfekten Hehler. Bei Martin wird niemand einen solchen Schatz vermuten. Und er selbst wird schon nach ein paar Wochen vergessen haben, was da bei ihm lagert. Wir haben so lange gezögert, nun warten wir eben noch ein paar Monate länger. Und wenn die Untersuchungen im Sande verlaufen sind, schickt Martin dem Museum ein Paket – kein Absender, kein Brief, keine Anhaltspunkte.«

»Warum«, wirft Julia schüchtern ein, »könnte man dieses Paket nicht schon heute schicken?«

»Ich weiß es nicht genau«, erwidert Erik. »Aber mein Instinkt sagt mir, daß die Lösung des Falles jetzt viel Wirbel machen würde. Die Öffentlichkeit ist informiert, die Kunstwelt aufgescheucht. Das dürfte bei der Polizei großen Eifer wecken, die ganze Sache aufzuklären. Sie werden das Buch auf Fingerabdrücke untersuchen. Mit deinen und meinen oder gar Martins werden sie nicht viel anfangen können. Aber die Spuren, die dein Schützling, der Dieb, hinterlassen hat, wird er kaum mit seinen dienstlichen Aufgaben erklären können. Doch, wie gesagt, nach ein paar Monaten wird sich der Eifer der Kriminalisten auf neue Sensationen konzentrieren. Vielleicht ist ihnen unser armer Übeltäter dann nicht mehr so wichtig. Wir wollen ihm eine Chance geben, mehr können wir nicht für ihn tun.«

»Und was«, fragt Julia ein wenig forscher, »bedeutet dir denn das kostbare Buch? Wie leicht kannst du dich von ihm trennen?«

»Natürlich, die Verlockung ist schon da, es einfach zu behalten. Welchen Büchermann lockte so etwas nicht. Aber mehr noch als dieser mittelalterliche Schatz mit seinen leuchtenden Bildern hat mich ja einer seiner frühen Besitzer fasziniert. Hubertus Fischer, wie gern würde ich ihn näher kennenlernen. Den Jahrhunderten, die uns trennen, möchte ich seine Lebensgeschichte entreißen, ich möchte seine Gedanken weiterdenken! Vielleicht gelingt mir das ja doch noch eines Tages. Alles, was mir das Buch über ihn verraten konnte, habe ich inzwischen kopiert. Nun gut, auch diese Leidenschaft muß allmählich zur Ruhe kommen, und ich werde versuchen, meine Gedanken und Sinne wieder stärker auf meine Frau zu konzentrieren. So schön wie ein Buch ist sie allemal, auch so klug.« Und lächelnd fügt er hinzu: »Naja, nur nicht so alt.«

Noahs Club

Die Sonne steht senkrecht am blauen Septemberhimmel, und Joyce fühlt sich in ihrem schwarzen Kostüm nicht recht wohl. Ihr behagt auch die Rolle nicht, die Ralf ihr heute aufgetragen hat. Ihr fehlen die klaren, hierarchischen Strukturen, es ist nicht ihr vertrautes Revier. Die Klientel ist ihr fremd, sie mißtraut diesen Leuten, die sie betreuen und bewachen soll. Da stehen sie geduldig und viel zu brav in der schwülen Hitze herum, so an die hundert Kameraleute und Fotografen und noch eine Hundertschaft von Reporterinnen und Reportern dahinter, und alles, was Joyce ihnen an Informationen und strikten Auflagen erteilt, akzeptieren sie mit höflichem Desinteresse.

Allenfalls eine kleine Schar schon im Äußeren um Seriosität bemühter Leute studiert die blaue Pressemappe mit den großen goldenen Initialen »N« und »C«, unterstreicht mit ernster Miene die Zahlen der Gewinnkalkulation und die Kernsätze der unternehmerischen und gemeinwohlorientierten Philosophie, überfliegt die wohlklingenden Formeln des gesellschaftlichen und wirtschaftlichen Konzeptes – all die wolkigen Floskeln, an denen drei der teuersten Werbeagenturen New Yorks wochenlang getüftelt haben. Kameraleute haben das kostbare Dokument irgendwohin zwischen Taschen und Gerätschaften geklemmt, einige nutzen das elegante Kuvert als Sitzunterlage, und wieder andere haben das aufwendige Präsent achtlos beiseite gelegt, offensichtlich in der festen Absicht, es dort später zu vergessen.

Da stehen sie nun mit geschulterten oder griffbereiten Waffen, die Umworbenen und Gefürchteten, für deren Bändigung Joyce die Verantwortung übertragen wurde. Und sie, die das Kommando führt oder führen sollte und den Ablauf des bevorstehenden Zeremoniells mindestens dreimal eindringlich vorgetragen hat, wird den Verdacht nicht los, daß diese Meute auf der Suche nach Sensationen und spektakulären Bildern jeden guten Vorsatz sofort wieder aufgeben wird, wenn sich die ersten Prominenten nähern. Filmschauspieler wurden eingeladen und Fernsehstars, erfolgreiche Sportler und allererste Namen der Politik. Jeder von ihnen wird in die Kameras strahlen, wird den Schlips, den blaugoldenen Schal, das T-Shirt tragen oder doch wenigstens in die Höhe halten, das ihn als Anteilseigner und Mitglied, als Botschafter und Bannerträger des Teuersten und Exklusivsten ausweisen wird, das die Welt seit ihrer Schöpfung sah: als Mitglied in »Noahs Club«.

Auch der Präsident hatte sich angeblich angekündigt. Aber das wurde vom Weißen Haus schon vor Tagen dementiert. Die Regierung, so war einer Presseerklärung zu entnehmen, werde durch den Innenminister vertreten sein, und der hat aus der Sicht der

Fernsehmagazine und Gazetten nur einen begrenzten Unterhaltungswert. Da ist Talbot Jones schon ein schwereres Kaliber. Auch wenn Joyce es den immer wieder nachfragenden Journalisten nicht ausdrücklich bestätigen kann: Man geht davon aus, er werde eine kurze Andacht halten. Unter den Schauspielern, deren Namen im Zusammenhang mit diesem gesellschaftlichen Ereignis in den Klatschspalten kursieren, sind mindestens zwei, deren Ehe vor der Scheidung steht. Und dann, so heißt es, werde sich einer von Amerikas reichsten und meistbegehrten Junggesellen, der Bauherr dieses gigantischen Projektes, zum ersten Mal in Begleitung seiner Verlobten zeigen. In diesem Punkt teilt auch Joyce die Neugier der Fotografen.

Julia und Erik haben sich herumgeschlichen um die Arena, haben sich abgesetzt vom bevorstehenden Einzug der Schönen und Prominenten, damit Erik, der ja Miteigentümer von »Bachmann Enterprises« ist, schon einmal erste Impressionen sammeln und anderen später wenigstens halbwegs überzeugend erklären kann, was wohl sein Anteil an der Vision gewesen sei.

Doch er, der eigentlich Führer sein müßte auf den Pfaden seiner Jugend, ist mit jedem Schritt immer stiller geworden. Staunend und zögernd wie Kinder im Wunderland ziehen sie beide an Bungalows und dreigeschossigen Apartment-Flügeln vorbei und werden von einer riesigen gläsernen Pyramide angesogen. Eine Allee von Sphingen führt aus allen Richtungen auf den Eingang zu, ein Spalier, an dessen Ende zwei gewaltige Ramses-Statuen wachen, majestätisch thronende Gestalten mit dreieckigem Kopfschmuck und sauber gestochenem Bart, gleichmütig und ebenmäßig die Züge des steinernen Gesichts, die Hände flach auf den Knien, die Füße nackt und würdevoll der Nachwelt entgegengestreckt.

Zwischen der letzten Sphinx und dem marmornen Portal zieht Julia Erik plötzlich weg vom programmierten Kurs und an der gläsernen Pharaonengruft vorbei. »Heben wir uns diese Überraschung auf bis zuletzt«, sagt sie. »Auf der Einladung wird uns ja versprochen: Eröffnungsempfang in der Großen Pyramide. Schreiten wir also erst einmal die Provinzen des Bachmannschen Königreiches ab. Dann tauchen wir ein in das Allerheiligste. Und wenn ich mir bereits ein erstes Urteil erlauben darf: Es ist schon ein achtbares Spektakel, Hollywood und Mickey Mouse werden sich zusammenreißen müssen, um ihre Marktführerschaft auf dem Sektor des Bizarren und Emotionalen zu behaupten!«

Erik geht über den Rasen auf die Pyramide zu, um wenigstens schon einmal hineinzuschauen in diese hochmoderne Pharaonengruft, doch das Glas ist ein Spiegel und verwehrt jeden Blick nach innen. Die Betrachter sehen sich selbst in einer grünen Kulisse – einen Brunnen, einen Park, begrenzt durch einen Vorhang aus Bäumen, hinten rechts die Sphingen langsam im Spiegelbild versinkend, von irgendwoher das Geräusch eines Wasserfalls. »Wozu überhaupt dieser Ramses, und gleich zwei Mal?« ruft Erik in gespielter Empörung gegen die Mauer aus Glas. »Hätte ich nur Zeit gehabt, an jener Aufsichtsratssitzung, als über die Ehrenmitglieder in ›Noahs Club‹ entschieden wurde, teilzunehmen, ich hätte für Ra, den Sonnengott, votiert und Horus, den Gott-Menschen mit dem Falkenkopf, als Botschafter und Werbeträger unserer Urlaubs- und Unternehmensformel gewonnen. Welch strahlende faszinierende Gestalten! Wozu einen ordinären Krieger auf den Sockel heben, der nichts im Kopf hatte, als die Bilder anderer zu stürzen und die Welt mit Statuen seiner selbst zu bepflastern? Das ist billig, das ist profan, solche Angeber und protzigen Typen passen einfach nicht in unsere vornehme Gemeinschaft!«

»Ach, Liebling«, sagt Julia und gibt ihm einen Kuß, »für eine Entscheidung dieser Dimension bist du doch viel zu spießig. Überlasse es ruhig deinem Bruder, über das Niveau unseres Clubs zu entscheiden. Er kennt den Geschmack in gehobenen Kreisen. Aber auch ich, das will ich dir nicht verschweigen, finde diesen Ramses einfach himmlisch: dieser nackte Oberkörper, diese stämmigen Beine und die erotische Ausstrahlung von Macht! Mag sein, daß er ein bißchen dumm ist, aber Männern steht das doch irgendwie. Ihr Bücher- und Theatermenschen solltet auch mal ein wenig Sport treiben oder irgendwelche Gegner besiegen, um uns Frauen zu imponieren. Ihr macht es euch zu leicht mit eurer Mäkelei. Der Ramses bleibt und basta!«

Erik protestiert im Namen aller Männer, und schon folgen sie dem Rauschen den Parkweg entlang, durchschreiten den grünen Vorhang und schlendern auf eine steinerne Balustrade zu, hinter der sich in etwa zweihundert Meter Entfernung ein Felsen erhebt. Und von dessen kahler Höhe stürzt ein Wasserfall. Voller Erstaunen ruft Julia: »Wie mag denn nur so viel Wasser auf diesen steilen Hügel sprudeln, um dann mit solcher Kraft herunterzurauschen? Bitte, Erik, wenn du schon so klug bist, erklär mir die Gesetze der Natur!« Doch Erik hat keine Chance, eine Antwort auf diese nüchterne Frage zu finden, denn schon tut sich das nächste Wunder auf. Gleich unterhalb der Balustrade fällt der Blick auf einen leicht bewegten See, in dessen Mitte – das kann doch nicht Wirklichkeit sein! – der obere Teil einer Kathedrale zu sehen ist.

Und wieder ist es Julia, die ihrer Verblüffung durch einen Aufschrei Luft verschafft: »Das ist bestimmt kein richtiges Wasser, es muß eine optische Täuschung sein!« Erik, der dasselbe dachte, bleibt ratlos und stumm und starrt auf den strengen, mit Stuck und Reliefs verzierten Bau – Renaissance mit einigen Elementen von Barock –, der fast bis zum Dachrand unter der klaren Wasseroberfläche versunken ist. Nur Türme und Giebel und eine mächtige Kuppel ragen heraus und sind so etwa auf gleicher Höhe mit dem Betrachter.

Auf den Simsen haben sich wilde Sträucher ausgesät, schwarze Vögel, in der Größe von Raben, haben dort ihre Nester gebaut und segeln mit krächzendem, seltsam hallendem Schrei von einer Insel zur nächsten. Von innen ist das Bauwerk ausgeleuchtet. Ganz klar und deutlich sieht man Stufen unter Wasser, die hinaufführen zu einem halb geöffneten Portal. Unbehindert durch irgendwelche Schatten schauen die beiden auf zum Teil noch heile, zum Teil zerbrochene Kirchenfenster, auf große gebeugte Figuren aus Stein, die unten in der Tiefe das Tor des Gotteshauses bewachen.

Der Blick auf den See hat etwas Magisches und Bedrohliches zugleich, das dem Menschen seine Vergänglichkeit, aber auch die Unendlichkeit von Zeit auf eine stumme, eindringliche Weise vor Augen führt. Das unwirklich-traumhafte Licht verbindet sonst streng getrennte Elemente, fügt die Welt über Wasser mit der Welt unter Wasser wie selbstverständlich zusammen.

»Ich hätte Lust hineinzuspringen«, stöhnt Julia und klammert sich an Eriks Arm. »Halt mich fest, sonst springe ich wirklich, versinke vor deinen Augen und schwimme durch ein offenes Fenster in diese verwunschene Kathedrale. Ich weiß, daß in dem Augenblick, in dem ich dort unten in das Kirchenschiff schwebe, eine gewaltige Orgel zu spielen beginnt, und du stehst hier oben und wirst um mich weinen.« Die Glocke in einem der Türme beginnt zu schlagen, ganz hell, sieben Mal. Erik sieht auf seine Armbanduhr. »In unserer etwas unromantischen Welt ist es jetzt erst viertel vor eins! Wer immer der Glöckner dieser Kirche ist: Er zählt seine Stunden anders.«

Jetzt kommt Erik der erste praktische Gedanke. Er bückt sich, hebt einen Kiesel vom Parkweg auf und wirft ihn mit leichtem Schwung über die Balustrade. Sie hören es klatschen und sehen auf dem Wasser Kreise und verfolgen den Stein, wie er langsam sinkt und auf der Kirchentreppe liegenbleibt. Und schnell, bevor jemand kommt, um sie zu ermahnen – ein Wachmann, ein Gott oder ein längst verstorbener Priester –, nehmen sie sich wie zwei Liebende an die Hand und laufen zurück durch den grünen Vorhang.

»Also, ich weiß nicht, ob deine Phantasie ausreicht, dir einen schlichten Bauernhof vorzustellen«, sagt Erik noch etwas außer Atem. »Hier irgendwo – vielleicht da links, vielleicht da rechts, vielleicht dort, wo die Kathedrale schwimmt – standen früher ein Bauernhaus und eine Scheune. Nicht angestrahlt von übernatürlichem Licht, keine Glocken, keine Orgel, keine himmlischen Chöre –, ganz einfach zwei geduckte Gebäude, die Dächer mit Zinkblech beschlagen, daneben ein Silo. Die Kühe ließen sich geduldig von der Bauersfrau melken, der Bauer saß meist auf seinem Trecker, und zwei Söhne stromerten durch die Büsche und über die Felder und träumten davon, so bald wie möglich erwachsen zu werden und in die große Stadt zu ziehen, frei zu sein, schnell reich zu werden, teure Autos zu haben und viele schöne Mädchen zu erobern. Im völkerkundlichen Museum müßten noch Teile dieser amerikanischen Geschichte ausgestellt sein. Eines Tages gehe ich mal mit dir hin und zeige dir anhand von irgendwelchen ernüchternden Exponaten, wie Ralf und ich unsere Jugend verlebten. Hier, zwischen Kathedrale und Pyramide, wären solche bäuerlichen Erinnerungsstücke nun doch etwas stillos, um es milde auszudrücken. Benehmen wir uns, wie es unserer Rolle entspricht: Wir sind die Gastgeber eines zutiefst durchgeistigten Konzepts, wir haben einen Ruf zu wahren!«

Julia stimmt ihm mit vornehm überhöhter Stimme zu: »Ganz reizend, mein Lieber, welch wunderbare Idee! Aber sieh mal, was dort auf der Tafel steht: Im zweiten Bauabschnitt soll hier ein griechischer Tempel seine neue Heimat finden, mit den Behörden in Griechenland stehen die Verhandlungen schon kurz vor dem Abschluß. Diese Griechen haben überhaupt zu viele Tempel, und es fehlt ihnen ein wenig an der sittlichen Reife, mit ihrem Erbe sorgsam umzugehen. Und da, siehst du die andere Tafel, die in die Ferne weist? Auch darauf ein Modell des zweiten Abschnitts, fertig schon Mitte des kommenden Jahres. Es sieht ganz so aus wie ein echter römischer Aquädukt. Eines Morgens werden ein paar Franzosen aufwachen und merken, daß ihnen etwas fehlt, das fremde Besatzer einst bei ihnen vergessen haben. Der Bürgermeister aber bekommt dafür eine neue Dienstlimousine, und die Straßen werden moderner und breiter, und alle werden sich fragen: Warum ist bisher noch niemand auf die Idee gekommen, das alte Gemäuer, dieses völlig nutzlose Monster, an irgendwelche amerikanischen Spinner zu verkaufen?«

Ihre gute Laune steigt, als sie sich wieder der Pyramide nähern. Ein Blitzlichtgewitter entlädt sich auf die beiden Ramsesse und ihre steinerne Garde. Schauspielerinnen sitzen den halbnackten Pharaonen in ebenso spärlicher Garderobe auf den Knien, stehen zwischen den riesigen Händen und kraulen die steinernen Bärte. Ein berühmter Sportler reitet auf einer Sphinx, eine junge Schönheit räkelt sich neben einem jahrtausendealten Antlitz und läßt sich von den Fotografen zu allerlei Keckheit und Offenheit animieren, die die Leute auf solchen Fotos nun einmal lieber sehen als langweilige Posen. Joyce steht frustriert im Hintergrund und macht keinerlei Anstalten mehr, irgend etwas zu ordnen und in den Griff zu bekommen.

Als Erik und Julia versuchen, sich schnell an den steinernen Knien eines Ramses vorbeizuschleichen, ruft einer der Fotografen: »Moment, Herr Bachmann, etwas zusammen, näher an ihre Partnerin, Achtung, ja so ...«, und plötzlich stürzen sich auch andere auf dieses Motiv. Nicht jedem in diesem Gewühl ist klar, wen er denn da eigentlich fotografiert. Doch wer er auch sein mag, auf dieser Party ist jeder prominent, und wenn die Schwarzhaarige mit der lustigen Nase an seiner Seite seine neue Geliebte sein sollte, ganz sicher wollen die Redaktionen dann ihr Bild, und sollte sie seine Ehefrau sein, dann kommen die Fotos eben ins Archiv. Eines Tages, das lehrt die Erfahrung, werden sie sich scheiden lassen, und dann suchen die Redaktionen für ihre Leser Erinnerungen an glückliche Zeiten heraus. »Mehr lächeln, und näher an diesen Catcher oder was immer das ist, ja, ruhig ran an das Knie, und hierher schauen, und noch näher zusammen, ja danke, o.k., viel Spaß …«

Sie flüchten zur Pyramide, durch ein Spalier halbnackter, lebendiger Pagen in altägyptischer Tracht, und plötzlich das Rauschen des nächsten Wasserfalls. Auf glatter Betonwand, aus mindestens hundert Metern Höhe, rauscht es vom Gipfel der Pyramide. Papageien zanken sich kreischend und flattern von Ast zu Ast auf urwaldhaften Bäumen. Der Besucher ist nicht mehr sicher, ob er sich noch in Ägypten befindet oder ob er Afrika längst verlassen hat. Die breiten Nasen und flachen Gesichter der steinernen Skulpturen lassen nun eher auf Majas oder Azteken schließen. Zwei liegende Figuren tragen Opferschalen auf dem Bauch, ein gewaltiger runder Olmeken-Kopf mit wülstigen, sinnlichen Lippen beseitigt die letzten Zweifel. Hier hat die Idee der Pyramide rasant den Ozean übersprungen, die Kontinente beginnen sich anzugleichen.

Sie gehen durch einen Spalt im rauschenden Vorhang in das Innere des Tempels, den Treffpunkt von

»Noahs Club«. Gläserne Fahrstühle schießen durch die Höhe der Empfangshalle. Die Geländer der Stockwerke, hinter denen wohl die Suiten und Apartments künftiger Club-Mitglieder liegen, sind mit überhängenden grünen Urwaldgewächsen dekoriert, von blauen und gelben und feuerroten Blütentupfen unterbrochen. Julias Interesse an Blumen überdeckt all ihre geschmacklichen Zweifel. Aufgeregt und letztlich hoffnungslos überfordert, versucht sie Erik auseinanderzusetzen, welche Blumen das alles sein mögen, von welchen Ecken der Welt zusammengetragen und welche innere Uhr in diesen wohltemperierten Räumen der einzelnen Pflanze die Impulse geben könnte, wann sie blühen soll und wann sie die Blüten wieder abzuwerfen hat.

In der Halle aus Marmor, auf kleinen Inseln zwischen künstlichen Seen, stehen unter offenen römischen Tempeldächern junge Menschen in festlichen Smokings und Kostümen. Sie starren auf Computerschirme, telefonieren, geben Rat und Auskunft. Die Atmosphäre ist entspannter als am Bankschalter oder in vergleichbaren Hotelhallen zwischen Tokio und New York. Und doch: Aus den Gesprächsfetzen, die gedämpft vom tropischen Garten hereinflattern, kann der besinnlich Flanierende Preise und Finanzierungsangebote herausfiltern, erfährt er von Wertsteigerung und steuerlichen Möglichkeiten, wird ihm bewußt, daß auch oder gerade Paradiese sich rechnen und rentieren müssen.

Erik und Julia tauschen ihre Entdeckungen aus, raten, vermuten, werden sich da und dort einig, in welchem Kulturkreis, in welchem Land dieser Erde sie sich jetzt wohl wieder befinden. Sie haben den Eindruck, daß diese Halle in ihrer Leichtigkeit und Blütenpracht so alles in allem Hawaii symbolisieren könnte, doch gleichzeitig auch ein bißchen Rio mit eindeutigen Elementen von Bali und unverkennbar altem Rom. Das Ganze liegt im Trend einer elektronisch zusammengeschalteten und zusammenrangierten Welt, der Flut der Fernsehprogramme und der Pracht der Werbung: auf der Flucht vor Langeweile ein Menü aus Höhepunkten, das Beste und Schönste, das Älteste und Aktuelleste, auf jeden Fall auch das Amüsanteste eines Planeten aus fünf- oder sechstausend Jahren.

Sie folgen einer Gruppe schöner Menschen in den nächsten sanft klingelnden Fahrstuhl – ewig gebräunte, ewig strahlende, ewig jugendliche Gesichter. Einige kommen ihnen bekannt vor vom Fernsehen oder vom Film: Leitbilder der Gesellschaft, deren Bedeutsamkeit an jener ungeheuren Anspannung spürbar ist, im Alltag wie auch im Kino oder auf dem Schirm, nicht zu sehen, sondern gesehen zu werden. Einer klagt mit eingefrorenem Strahlen über die Aufdringlichkeit der Fotografen, die ihn außerdem meist von der falschen Seite abgelichtet hätten. Und überhaupt: »Im Grunde sollte man zu solchen Sachen gar nicht mehr gehen.«

Der gläserne Fahrstuhl, von dem aus man den festen Boden, diese vertraute Ebene des tropischen Innenraums, wie von Geisterhand in der Tiefe versinken sieht, macht plötzlich eine Reise ins Dunkel. Nur eine Kerze verbreitet ein schwach leuchtendes Licht, die Schönheit der Passagiere wird gespenstisch, der Fahrgast kommt sich vor, als hätte man ihn aus der Weite der Tropen in einen U-Bahntunnel gestoßen.

Die Tür gleitet auf, die Dunkelheit bleibt. Einige flüstern, es sei wohl der Strom ausgefallen. »Hoffentlich kommen wir hier wieder runter!« Besorgtes Lachen, Dunkelheit, Stille, ein schmaler Gang, am Ende mattes Leuchten. Diejenigen, die im Protest gleich wieder umkehren möchten, trauen nun aber dem Fahrstuhl nicht mehr und bleiben doch lieber in der Gruppe. Wer immer aus dieser illustren Gesellschaft ein Held ist in seinen Filmen, er tastet sich ängstlich an einem Geländer entlang dem schwachen Licht entgegen. Der Tunnel biegt sich, es geht langsam bergauf, das Licht, dessen Quelle rätselhaft bleibt, wird etwas heller. Jetzt umzukehren, verbietet die Neugier. Einer sagt, man sei bis zur Grabkammer der Pyramide vorgedrungen und wolle nun auch die Mumien sehen. Die Scherze verstummen, die dunkle Spirale öffnet sich, sie sind hoch oben in der Spitze des Bauwerks.

Glasscheiben rundum geben den Blick frei auf eine Welt weit unten, und über ihnen nur noch, auf dunklem Felsengestein, eine kleine weiße Kapelle. Erik und Julia kommen sich vor, als wären sie durch den äußeren Ring und die Schwerkraft der Erde in den Weltraum vorgedrungen, in neue Räume und Dimensionen, als schwebten sie im freien, unendlichen All. Nur eins gibt ihnen noch Halt und Orientierung an der Schwelle zur Unendlichkeit: etwas Schlichtes, aus den Bildern der Kindheit Vertrautes. Sie sehen ein Kruzifix. Es schimmert in der kleinen Kapelle das Licht einer einfachen Laterne. Die Idylle dort oben strahlt Ruhe aus und Geborgenheit. Nach all dem Zauber dieser Arche, nach Ramses, Hawaii und dem Feuerwerk vergangener und zukünftiger Impressionen ist dieser stille, besinnliche Ort wie Heimkehr, Erlösung.

Keiner wagt einen Anfang zu machen und hinaufzusteigen, und so verteilt sich die Gruppe auf den gläsernen Rundgang um den Felsen. Jeder schaut mal ehrfurchtsvoll, mal ratlos und verlegen nach oben und dann wieder fasziniert in die Tiefe. »Da, die Kathedrale!« flüstert Julia Erik zu. »Von hier oben sieht man gar nicht, daß sie unter Wasser steht. Vielleicht haben wir ja alles nur geträumt, wahrscheinlich träumen wir noch immer!«

Und nun? Sollen sie gehen? Sollen sie auf ewig stehenbleiben zwischen Himmel und Erde? Jetzt kann ja doch nur noch der Hinweis kommen: »Die Welt ist hier zu Ende, gehen Sie den mit ›Ausgang‹ gekennzeichneten Schildern nach zurück ins Alltägliche und

Gewöhnliche. Wir danken Ihnen für Ihren Besuch!« Die nächste Gruppe kündigt sich an. Die am Eingang stehen, drücken sich an die Wand, um den Platz für die Neuankommenden freizumachen. Etwas zuviel Bescheidenheit ermattet ganz plötzlich den Glanz auf schönen Gesichtern, Filmgötter erstarren in Verlegenheit wie sonst ihre Verehrer, wenn zufällig, ohne Vorbereitung und Warnung, das Symbol ihrer Verzükkung vor ihnen steht. Ein Raunen weht durch den Raum, es öffnet sich ein Kreis, Talbot Jones betritt die Szene.

Mit kräftigem Schritt besteigt der Gottesmann den Felsen, tritt ein in die Kapelle, kniet nieder vor dem Kreuz. Die draußen in ihren Partykleidern stehen ergriffen wie Zeugen eines biblischen Geschehens, wie die Leitschicht eines Funkens, dessen Kraft auch durch die Kulisse strömt. Durch die Öffnung in der weißen Mauer sehen sie das graue, kräftige Haar, das Haupt gesenkt im Gebet. Was immer der große Prediger mit seinem Gott zu besprechen hat: Sie alle – Skeptiker oder Christ – vereint das glückliche Gefühl, Teil eines großen Augenblicks zu sein.

Er steht auf, verweilt noch kurz auf dem Berge und nickt seiner Gemeinde freundlich zu. Dann steigt er herab und entschwindet den Blicken. Als Erik und Julia wieder in die Blütenpracht hinunterschweben, sind sie verwirrt. Ganz glauben können sie dem Zufall der ihnen gerade widerfahrenen Erweckung nicht. Alle Fragen sind noch da, vielleicht noch ein wenig verschwommen. Aber die verschwörerische gemeinsame Heiterkeit hat Schaden genommen. Als sie Hand in Hand wieder durch die Tempelhalle gehen, haben die kleinen Spötteleien an Trost und Abwehrkraft verloren. Was sie vorher skeptisch stimmte, will ihnen nun weder als Kunst noch als Kitsch erscheinen. Es ist, als hätten sich ihre Gefühle dem Trommelwirbel der Eindrücke gegenüber irgendwie neutralisiert. Sie sind nicht begeistert, sie sind auch nicht abgestoßen, sie fühlen ein freundliches Nichts.

»Zum Empfang bitte eine Etage tiefer!« ruft ein junger Mann in britischer Kolonialuniform in den festlichen Strom der Gäste, und am Ende der breiten Rolltreppe heißt es: »Geradeaus bitte an den Swimmingpool!« Aus der Ferne hört man das sanfte Glokkenspiel karibischer Klänge, das Licht wird mit jedem Schritt auf die Festhalle zu gedämpfter, ein Himmel öffnet sich und Sterne fangen an zu blinken, und Julia und Erik haben längst aufgehört, sich Fragen zu stellen, wie das wohl alles technisch funktioniert. Scheinwerfer strahlen Palmen und rotblühende Büsche an, und plötzlich – in schäumendem Weiß, in hellem Türkis – leuchtet der Swimmingpool aus dem Dunkel.

Julia spürt, wie Eriks Hand feucht wird und heiß. Er klammert sich geradezu an der ihren fest, dann läßt er sie los. Es fällt ihm schwer weiterzugehen, sie muß ihn langsam vorwärts schieben. Es ist, als werde er von einem plötzlichen Schwächeanfall heimgesucht beim Anblick von so viel tropischer Blüte. Steinerne Göttergestalten bewachen die leicht bewegte Wasserfläche, gewaltige Bäume ragen in das sternendurchwirkte Schwarz, Luftwurzeln hängen wie Leitern vom Himmel herunter. Schwarze Diener in weißer Livree bieten mit leiser Stimme Cocktails an.

Vor der Marmortreppe, die sanft in das Weiß und Blaugrün des Wassers hinunterführt, stören wieder einmal die Fotografen das volle Entfalten von Stimmung. Vom allgemeinen Gästefluß geschoben, rükken Erik und Julia dem Geblitze und Gedränge näher. Schon wollen sie vorbeiziehen am Lärm und Gewitter, da löst sich eine Kameracrew aus dem Pulk. Wahrscheinlich weil sie irgendwelche Probleme mit ihren Geräten haben und diese nun auszutauschen oder zu reparieren suchen, blockieren sie den Strom der Gäste auf der Suche nach einer ruhigeren Ecke und machen eine Lücke auf, ja drängen geradezu die nächste Gruppe der Passanten mitten hinein ins Zentrum des Sturms.

Auf dieser Bühne steht Ralf, strahlend und stolz, und präsentiert die Frau an seiner Seite. Und als er Erik und Julia sieht, vergißt er den Rummel für einen Augenblick und zieht die anderen beiden Menschen, die ihm nahestehen, glücklich zu sich heran. Abrupt und kämpferisch fliegt langes Haar über schmale Schultern zurück, Augen blitzen auf und sehen Erik zornig an, und eine dunkle Stimme spottet: »Guten Abend. Sie kommen wieder einmal spät!«

Schnell nutzen die Fotografen die Verlegenheit und übernehmen wieder das Kommando. Der Kreis der Kameras trennt die Brüder und schließt sich um das Paar des Tages. Julia ist hinter Erik zurückgetreten. Sie ahnt plötzlich, was damals in der Karibik geschah und spürt Traurigkeit in ihrem Herzen. Erik wagt nicht, nach ihrer Hand zu fassen. In seinem Schmerz ist er nun allein. Und Ralf schaut in die Kameras, wie man es ihm sagt. Sein Blick an diesem Tag, der der schönste seines Lebens werden sollte, ist kalt und feindlich geworden.

Die Welle

Leichter Dunst liegt über dem Meer, auf dem sich die Wellen kräuseln, als ob es regnet. Dort, wo der rote Ball hinter dem Horizont versank, hängen schwere Wolken am Abendhimmel, schwarz und rosa, purpurnes Glühen an den Rändern. Die Bucht, der Berg, die Häuser und Hotels sind in ein gedämpftes, unwirkliches Licht getaucht. Und doch ist die Sicht so klar wie zu keiner anderen Stunde des Tages, denn das Auge wird nicht mehr angestrengt und geblendet vom Scheinwerfer der Sonne. Das Licht kommt aus der Versenkung hinter dem Horizont und erreicht nur noch den Himmel, der es wie ein großer Spiegel gleichmäßig verteilt.

Erik hat sich seit ein paar Wochen angewöhnt, eine Art Tagebuch zu führen, um im Strudel der Ereignisse noch Kurs zu halten. Alles, was auf ihn eindringt, schreibt er auf: Begegnungen, Gespräche und Grübeleien, jeden Abend eine Skizze des Sonnenuntergangs, jeden Morgen ein Protokoll seiner Träume. Der letzte Eintrag vor dem Abflug in New York enthielt eine düstere Botschaft. So jedenfalls hat man sie im nachhinein entschlüsselt. Wie fing er doch an? Er blättert zurück in seinem Buch mit den linierten Seiten, liest ein paar Zeilen, schließt die Augen und startet aus der Erinnerung einen verworrenen Film …

Ja, so war's heute früh kurz vor dem Klingeln des Weckers: Die Traumkulisse – ein Winterabend, schwer zu sagen wo, kurvenreich ein sanft ansteigender Weg durch parkähnliches Gelände. Erik lief in ruhigem, lockerem Tempo, fühlte sich leicht und frei. Warum es ihn nach Einbruch der Dunkelheit noch hinaus zog, war dem einsamen Jogger nicht ganz klar. Nach der nächsten Kurve ein Hindernis, eine heruntergelassene Bahnschranke. Stille rundum, ein Zug nicht in Sicht. Vor der Schranke eine in Lumpen gehüllte Gestalt, tief über das Gesicht eine Wollmütze gezogen. Erik hat ihn trotzdem gleich erkannt. Es war der Bettler, der einst in der kalten, lärmenden Stadt vor dem gläsernen Gebäude saß – damals, als er im Schaukasten das Bild sah, das ihn hinunterlockte in jene Höhle der Antiquare. Jetzt, im Traum, tänzelte die Gestalt hilflos hin und her und stieß die Fäuste in die Luft wie ein Boxer im Training. Der Mann kam nicht von der Stelle, er drehte sich im Kreis. Als Erik sich näherte, hob sich die Schranke plötzlich, und der müde Schepperton einer Glocke gab ihm den Weg frei, ohne daß ein Zug vorübergefahren wäre. Eigentlich hatte Erik stehenbleiben, endlich mit diesem Mann reden oder ihn wenigstens von der albernen Pudelmütze befreien wollen. Aber da senkten sich die rot und weiß gestrichenen Bäume schon wieder, und der Kämpfer mit dem unsichtbaren Gegner blieb auf der anderen Seite, als habe ihn jemand zu früh an diese Grenze bestellt. Eriks Weg ging weiter bergauf. Angst hatte er schon vor diesem

Weg ins unbekannte Dunkel, und doch war er voller Erwartung gewesen. Er fürchtete, ja hoffte seltsamerweise sogar, daß es ein Zurück nun nicht mehr geben könne, daß sich die Schranke von seiner Seite des Parks wohl nie wieder öffnen werde. Nicht für ihn, der immer weiterlief und nicht die geringste Ahnung hatte, wohin …

Das also war sein Traum. Erik hebt den Blick, um sich in die Gegenwart zurückzumelden, zurück auf die Terrasse des karibischen Hotels zum kurzen Verweilen in einer anderen rätselhaften Welt. Einer schönen und einer gefährlichen Welt, in die er ein zweites Mal eingeflogen ist, um seine Gedanken zu ordnen, um Klarheit zu suchen über sich selbst und sein Leben und um ein schicksalhaftes Kapitel und alle Umstände davor und danach noch einmal zu durchleuchten und dann abzuschließen.

Das Nachglühen der Sonne erfaßt nur noch die unterste Schicht der Wolken in kräftigem Purpur. Silbriggrau schimmert das Meer, auf dem die kleinen Fischerboote wie Scherenschnitte vor einer dunklen Leinwand dahinziehen. Die Kellner streichen um ihn herum, er bestellt noch einen zweiten Drink Tonic-Wasser und stopft seinen Hunger mit Nüssen und Chips. Schwer, wenn man einmal danach gegriffen hat, aufzuhören, bevor die Schälchen leer sind; schwer, sich einem neuen Leben zuzuwenden, wenn das alte noch so zäh in allen Gedanken klebt.

Sein Zimmer, das er damals hatte, gibt es so nicht

mehr. Das Hotel wurde nach dem Wechsel seiner Besitzer gründlich renoviert, und nun, so sagte man ihm höflich an der Rezeption, sei der Flügel am Hang komplett gebucht von einer Firma Wannemakers. Die sei mit den »Super-Achievers«, mit der Elite ihrer Vertreter, zum Seminar nach Jamaika gekommen. Fortbildung in Luxus und paradiesischer Umgebung, steuerlich absetzbar, Unterhaltung und Sport inklusive, das stärke die Bindungen an die Firma und steigere den Umsatz, sagte die stolze Rezeptionistin. Dies sei die erfolgreichste Formel des modernen Tourismus. Allerdings, so fügte sie verbindlich hinzu, seien Einzelreisende wie er heutzutage immer noch ein Auslastungsfaktor und selbstverständlich willkommen. Aber für nur eine Nacht und in bestimmten Buchungsperioden, da könne es schon mal schwierig werden.

Erik hatte sich beeindruckt und dankbar gezeigt, überhaupt noch unterzukommen, und war er damals bei seinem ersten Besuch, noch bevor er sein Zimmer betrat, durch die Pracht der Blüten zum Meer hinuntergerannt, so zog es ihn nun an den Ort, wo alles begann, was sein späteres Leben so sehr komplizieren sollte. Er wollte den Tempel seiner Erinnerungen im heutigen Zustand sehen, den verzauberten Hain rund um einen kolonialen Swimmingpool, an dem einst die mächtigen Bäume und steinernen Götter seine Sinne verwirrten, die alle mitschuldig waren an dem, was geschah, die ihn seitdem in seinen Gedanken und

Träumen verfolgten, die verbotene Leidenschaften in ihm weckten und sein friedliches Glück zerstörten.

Was er sah, hat ihn nicht überrascht: neue Wasserbecken in verschiedenen Tiefen, Inseln und Brücken und für die Kinder eine Wasserrutsche – alles größer und belebter als das, was vorher war –, in geordneten Reihen leuchtende und gewiß auch bequemere Liegestühle, eine Sportecke mit neuestem gymnastischen Gerät, eine Bar, umgeben von Billard- und Videoautomaten. Es war also keine Kopie im Untergeschoß der Pyramide, es war das Original mit allen Pflanzen und Steinen, das Abschied genommen hatte und umgezogen war in Noahs vornehmen Club.

Im Grunde war der Zweck seiner Reise mit diesem Blick auf einen Swimmingpool erfüllt, war Eriks zweiter Urlaub in der Karibik schon beendet, bevor er überhaupt sein Hotelzimmer betreten hatte. Nur ist das Flugzeug aus New York, mit dem er gekommen war, kurz darauf wieder zurückgeflogen, und das nächste fliegt erst wieder morgen. So sitzt er nun auf der Terrasse mit seinen Erinnerungen und Phantasien, während die Lichter am Abendhimmel angehen.

Die Erfolgreichen von Wannemakers müssen ihre Mission, den Umsatz zu steigern, wohl doch ernster nehmen als ihr Vergnügen, denn es ist recht leer auf der Terrasse. Wie schön wäre es, wenn die Reggae-Musikanten mit ihren Ballonmützen wie damals im Scheinwerferkegel erschienen! Erik vermißt die Melodie, die ihn einst berauschte und die nie wieder aus seinem Kopf gewichen ist. Keine traurige Stimme weht durch den tropischen Abend, keine sentimentalen Versprechen, keine Frau im Paradies, die Anlaß hätte, seinetwegen zu weinen. Zwei Frauen hat er in New York zurückgelassen. Die eine, die seinen Bruder heiraten wird. Talbot Jones, so stand es im Gesellschaftsteil der Zeitung, werde das Traumpaar in aller Stille an einem geheimen Ort trauen. Nicht einmal die engste Verwandtschaft werde zu dieser Hochzeit eingeladen. Ralf liebt sie oder hat sie geliebt, sie liebt ihn wohl nicht. Es ist etwas in jener Geschichte der Bibel, das unser Mitleid fordert mit Adams ältestem Sohn. Bei allem Schrecklichen, was er tat, der Herr sah nicht gnädig auf Kain, und die Sünde hatte nach ihm Verlangen. Ihm – Erik oder Abel –, dem jüngeren Bruder, war ohne Mühen zugefallen, wonach Ralf sich so verzweifelt sehnte. Erst Julias Liebe und dann Annettes Zorn und Leidenschaft. Es wird wohl mit der Liebe wie mit Gottes Gnade sein: Sie wird uns geschenkt, sie ist so schwer zu erwerben.

Als wenn es für diese Theorie noch eines Beleges bedürfte, die Sache mit Martin ist wohl der schmerzlichste Beweis. Erik braucht in seinen Notizen erst gar nicht zu blättern. In einer Kette des Verrats, des Unglücks und der Verstrickungen hat Martins Verschwinden ihn noch stärker aufgewühlt als Julias Schmerz und der Haß seines Bruders. Nicht daß ihm Martin so unersetzlich wäre. Erik hat diesen jungen

Mann gemocht und gefördert, fast könnte er ihm seinen Betrug verzeihen. Sich selbst aber kann er nicht mehr lösen von dem Fluch, durch die Verstrikkung in Martins unglückliche Liebe den Auftrag seines Lebens verraten zu haben. Tag für Tag hat sich Erik in den letzten Wochen mit dem Vorwurf auseinandergesetzt, er habe einen Freund und Seelenverwandten, der vor 500 Jahren starb und der ihm sein Vermächtnis anvertraute, endgültig in den Tod, ins unendliche Vergessen gestoßen.

Die Terrasse beginnt sich allmählich zu füllen mit lauten, fröhlichen Menschen. Von Tisch zu Tisch schwirren bracheninterne Witze. Er wäre ja nach mehreren Drinks durchaus bereit, sich ablenken und aufheitern zu lassen von unkomplizierten, vergnügten Leuten. Doch um hier mitlachen zu können, fehlen ihm, dem Außenseiter und Einzelreisenden, mindestens drei Jahre Wannemakers. Er traut sich nicht, einen von ihnen zu fragen, was seine Firma denn eigentlich produziere. Es ist offensichtlich, daß er nicht dazugehört und stören würde. So steht er auf, zeichnet seine Rechnung ab und wandert durch den Park. Die Zikaden haben mit ihrem abendlichen Konzert begonnen.

Die kleine Mauer unten am Strand ist dem Konzept des modernen Tourismus nicht zum Opfer gefallen. Nur die Promenade ist hell beleuchtet und breiter, als sie in der Nacht mit Annette war. Er setzt sich auf den Mauerrand mit dem Blick zum Meer. Und ein bitteres Lächeln liegt um seinen Mund bei dem Gedanken, mit dem er wohl im Wannemakers-Kreis brausenden Beifall und Anschluß gefunden hätte: daß nämlich dieser karibische Strand durch die künstliche Installation von Licht gegen plötzliche Stürme des Herzens viel besser gewappnet sei als früher. Wahrscheinlich, so sucht er es sich jetzt zu erklären, hatten sich Annettes Zorn und Leidenschaft ja doch an seinem Bruder entzündet und nur aus Zufall bei ihm entladen. Denn Ralf war schließlich als neuer Herrscher in diesen tropischen Garten getreten. Für Erik, wenn er auf den nächtlichen Himmel schaut, sind die Züge Annettes nicht mehr ganz deutlich. Doch aus jedem Sternenhaufen formt er leicht und schnell das geliebte Antlitz Julias.

Über das, was sich damals in der Pyramide offenbarte, als Ralf seine Braut vorstellte, haben Erik und Julia nicht mehr gesprochen. Was gab es auch zu erklären? Er wußte, daß sie wußte, und sie wußte, wie es um ihn stand. Alles Begründen und jeder Vorwurf hätten das Elend nur größer gemacht. Sie gehen weiter liebevoll miteinander um. Nur dieses Einssein, diese Vertrautheit, die sich so oft im heiteren, zärtlichen Spiel entladen hatte, ist seitdem erloschen. Verloren der Traum vom Felsenpaar im Wind, an dem der Sand vorüberweht. Vielleicht später einmal wird ihre Liebe wieder wachsen, vielleicht nach einer Zeit der Bewährung, vielleicht …

Ganz leise kommt tropische Musik herauf. Das

Lied, sein Lied kann es nicht sein, denn davon würden ihm zwei, drei Takte genügen, um es zu erkennen. Doch es ist der gleiche wiegende Klang, betörend wie eine Droge, dumpf die Bässe der elektrischen Gitarre und ein helles Glockenspiel auf metallenen Fässern. Nein, nicht dieses »No woman no cry«, aber im gleichen zärtlichen Rhythmus wohl eine andere schöne Lüge.

Irgendwo da draußen in der Bucht, wo die Lichter geheimnisvoll blinken, muß die Kapelle ihre rebellischen und sentimentalen Balladen spielen. Wahrscheinlich haben sich die Musiker von dem Hotel zurückgezogen, weil niemand mehr da ist, um sie in Stimmung zu bringen. Im Auf und Ab der leisen Klänge schweifen Eriks Gedanken wieder aus. Nicht Annette, nicht Julia tauchen vor ihm in der Dunkelheit auf, es ist Martins zerquältes Gesicht, und es ist der ernste, traurige Blick eines Mannes, der aus der Tiefe des Universums auf ihn blickt. Eines Mannes, dem Erik nie begegnen konnte, weil er 500 Jahre vor ihm lebte: Verzeih mir, vergib mir, Hubertus Fischer! So vieles, was der Mensch anpackt, führt nicht zum Guten. Wie schnell gibt man den anderen die Schuld, den Machthungrigen, Geldgierigen, Rücksichtslosen. Doch schuld sind auch Träumer wie wir, die Aufgeklärten und Selbstgerechten, die voller guter Absichten sind, die lieben und zerstören ...

Das Unglück begann sich abzuzeichnen, als Martin um einen kurzen Urlaub bat. Schon vorher hatten sich seine Kollegen bei Erik beklagt, daß irgend etwas mit Martin nicht stimme. Seine Kunstkritiken und Theaterrezensionen seien manchmal von unverständlicher Begeisterung gewesen und dann wieder von Übellaunigkeit und allzu hartem Tadel. Zwei- oder dreimal, so empörte sich der für Premieren zuständige Redakteur, habe er sich mit Schauspielern oder Regisseuren auseinandersetzen müssen, die anhand von Textpassagen oder gar unter Hinweis auf einen leergebliebenen Sitz im Theater den Vorwurf erhoben, der Kritiker dieser Zeitung könne überhaupt nicht in jener Aufführung gewesen sein, die von ihm so ungnädig besprochen wurde.

Kollegen, die Martin in den Tagen und Wochen vor seinem Verschwinden begegnet sind, erinnerten sich, sie hätten ihn in Begleitung einer hübschen, vielleicht etwas zu sehr in alle Richtungen lächelnden jungen Dame gesehen. Und einer bestand darauf, es sei ganz sicher Martin gewesen, den er in einem Sportcoupé mit dieser auffälligen Schönen an seiner Seite im Künstlerviertel Greenwich Village gesehen habe. Dies habe ihn um so mehr erstaunt, als Martin früher stets verkündete, nur ein Angeber und Idiot könne je auf den Einfall kommen, sich in New York ein Auto zuzulegen. Vor einer Woche dann kam ein kurzer Brief, »persönlich« an Erik adressiert: »Ich kündige und ziehe nach Kalifornien. Bitte verzeihen Sie mir! Ein Mönch hat mir versprochen, er werde für mich beten. Martin.«

Die schreckliche Gewißheit schließlich hatte Daniel Rosenstrauch überbracht. In seinem schwarzen Anzug hatte der alte Buchhändler plötzlich wie ein Racheengel in Eriks Büro gestanden und ihm das Blatt einer mittelalterlichen Handschrift entgegengestreckt: »In der Schlachterei des Dr. Karbacher«, sagte er, »hat es wieder ein blutiges Gemetzel gegeben. Er hat einen alten Prachtband in seine Hände bekommen und ihn in einzelne Seiten zerlegt. Und jetzt verkauft er die Blätter in alle Winde! Ich weiß nicht, wie die kostbare Handschrift in seine Fänge geraten ist, ich glaube, das wissen nur Sie! Gott möge Ihnen verzeihen, ich kann es nicht.«

Und bevor Erik etwas sagen konnte, war der alte Herr aus dem Zimmer gestürmt. Zurück blieb ein Blatt im Folioformat, auf der Rückseite am rechten unteren Rand war mit Bleistift ein Preis von 1500 Dollar ausgezeichnet. Keins der leuchtenden Bilder, die jeder so bewundert hatte, der die Handschrift in ihrer Ganzheit sehen durfte, war auf diesem Fragment. Wahrscheinlich wäre das Blatt dann auch erheblich teurer gewesen. Doch auf hellem, von Sternchen durchsetztem Blau, von einer Blütenkette umrankt, ein großes goldenes »M«. Mitten in das wunderschöne Initial hatte jemand mit Tinte und in moderner Schrift ganz zart die Buchstaben »E.B.« eingetragen.

Um sich von seinen düsteren Gedanken zu lösen, steht Erik auf und geht die Promenade entlang. Als sie vor einer Wand aus Büschen endet, klettert er darüber und folgt jenen Melodien, die mal lauter und dann wieder leise durch das Rauschen der Brandung wehen. Irgendwann passiert er einen Zaun, der am Ufer endet und den Strand freiläßt als schmale Passage zwischen dem gepflegten und dem wildwuchernden Teil dieser Insel. Ein Wachmann grüßt ehrfurchtsvoll. Er ist verblüfft, um diese Stunde noch einen der Gäste hier unten im Grenzbereich zu sehen. »Es ist nicht sicher hier so allein in der Dunkelheit«, sagt er besorgt. Erik geht auf die Warnung nicht ein und fragt den Uniformierten mit seinem Revolver, dem schweren Stock und dem leise krächzenden Funkgerät, woher denn wohl die Musik kommen könne. »Wahrscheinlich Hibiscus Bay«, sagt der Wachmann, und fügt dann mit einem Unterton von Vertraulichkeit hinzu: »Ein wilder Platz, viele junge Leute dort ... Keine Arbeit, nur Unsinn im Kopf ... Selbst bei Tage nicht sehr empfehlenswert.«

»Ich will nur noch ein paar Schritte am Strand entlanggehen«, beruhigt Erik seinen Beschützer. »Ich hoffe, Sie lassen mich dann wieder rein.« Er wartet die Antwort nicht ab und schlendert weiter. Das Krächzen des Funkgerätes wird unterbrochen, und Erik vermutet, daß der wachsame Mann nun seiner Zentrale den ungewöhnlichen Vorfall meldet. Der Strand hier ist steinig und unaufgeräumt, leere Bierdosen liegen herum.

Die Musik wird lauter und härter, etwas hastig und

manchmal sogar dissonant. Aus der Ferne klang die Melodie lockender, anheimelnder und schöner. Jemand singt, aber es hört sich an, als wenn er noch Mühe habe mit den Texten. Eigentlich sind immer nur dieselben Worte zu verstehen: »It's you, oh yeh, it's you ...« Ein Konzert vor Publikum kann es gewiß nicht sein, das da irgendwo in der Dunkelheit aufgeführt wird, eher klingt es, als sei man dabei, zu üben. Im Grunde hat Erik dem Wachmann ja die Wahrheit gesagt, viel weiter will er nun nicht mehr gehen, vielleicht noch hier von dem kleinen Hügel einen Blick auf die Hibiscus-Bucht und seine exotischen Musikanten werfen. Er klettert ein paar Schritte hoch, tastet sich an einem Autowrack vorbei, und plötzlich rutscht er in etwas Übelriechendes, Feuchtes. Er rudert und patscht in einer ekligen Brühe herum, die ihm nun fast bis zur Brust geht, will rückwärts wieder aus dem Tümpel steigen, aber seine Füße finden keinen Halt in dem dicken Brei. Bis sich ihm plötzlich eine Hand entgegenstreckt. Die Musik hat aufgehört, und im Lichtkegel von Taschenlampen erkennt er eine Schar fröhlicher, schwarzer Kinder, die ihn mit johlendem Vergnügen umkreisen.

Noch ist es Wut über seine eigene Tapsigkeit, die alle anderen Gefühle überdeckt. Nicht einmal Freude oder gar Dankbarkeit gegenüber seinem Retter stellen sich ein. Der Menschenauflauf wird immer größer. Frauen in bunten Kleidern und junge Männer mit verwegenen Kopfbedeckungen haben sich um den nassen und stinkenden Eindringling versammelt, die Kinder halten sich demonstrativ die Nasen zu, die Frauen haben vor Lachen die Arme auf dem Bauch verschränkt, und ein Gitarrist mit Bart und einem gehäkelten Ballon über dem schwarzen, verknoteten Haar stolziert wie ein Storch um ihn herum und intoniert in verquäkten Akkorden die Nationalhymne der USA.

Allmählich steckt die allgemeine Heiterkeit auch Erik an. Und da er sich im Mittelpunkt des urplötzlichen Vergnügens weiß, spürt er die Verpflichtung, die alberne Rolle wenigstens gut zu spielen. Und so hockt er, von einer Menschenkette umringt, auf dem sandigen Boden und streift nun in aller Gemächlichkeit die Schuhe von den Füßen und zieht dann langsam wie auf der Striptease-Bühne erst die eine und dann die zweite Socke aus. Und um sein Publikum in guter Stimmung zu halten, riecht er nach jeder erfolgreichen Aktion an dem abgelegten Stück, und jedesmal wird er mit Beifall, Gelächter und einem Tusch der Gitarre belohnt. Da sitzt er also, fröhlich und stinkend, Held einer wahrhaft komischen Inszenierung. Und dann wird dem Unglücksraben bewußt, daß er noch nie in irgendeinem Kreis von Menschen einen so bewunderten Auftritt hatte. Und ein so spontanes Gefühl, willkommen zu sein und dazuzugehören.

Die Musik begleitet ihn von der Jauchegrube in feierlichem Marschrhythmus zu den Hütten und Blechbaracken der Siedlung. Dort ziehen ihm die

Frauen auch die anderen Kleidungsstücke vom Leib, ohne jede Hemmung. Einer der jungen Männer spült die Jauche von dem nackten Körper mit einem Gartenschlauch ab, eine alte Hose wird ihm zugeworfen und ein buntes T-Shirt mit einem Spruch darauf, den Erik zwar entziffern, aber nicht so richtig verstehen kann. Ohnehin versteht er in diesem Kreis nicht alles. Schon gar nicht die jungen Männer mit ihrem herausfordernd gedehnten Singsang von Sprache. Aber die Praxis überbrückt auch diese kulturellen Differenzen. Der mit der Ballonmütze drückt ihm eine Bierdose mit rotem Streifen in die Hand, und über strahlende Zähne rollt die Ermunterung: »Cool, Moohn, cool!« Erik, der diese karibische Männer-Weisheit, kühl zu bleiben, begreift, dankt mit einem leisen, schüchternen »No problem!« Ihm fällt ein, daß sein Portemonnaie noch in der stinkenden Hose sein muß. Aber nun scheint es ihm kleinlich und überhaupt nicht cool, sich unter Männern über so etwas den Kopf zu zerbrechen. Eine der Frauen würde die Geldbörse mit all seinen Papieren schon finden und retten, bevor das Kleidungsstück in die große Wäsche kommt. Wozu also Probleme?

Der Gitarrist wird ihm als »Bad Boy Johnny« vorgestellt, was der böse Bube mit einem offenen, fröhlichen Grinsen unterstreicht. Höchstens 25 Jahre alt mag er sein. Zwei der Kinder toben um seine Beine herum, und eine der jungen Frauen – und das ist auffällig bei der allgemeinen Ausgelassenheit – ist nicht gut auf ihn zu sprechen. Edna, eine ältere, korpulente Frau mit lauter Stimme, die ganz offenkundig Respekt genießt in diesem Lager, klärt Erik, der ja wie sie noch zu der vernünftigeren Generation gehört, über die lockeren Sitten der jamaikanischen Männerwelt auf. Die zornige junge Frau sei die Mutter von Johnnys beiden Kindern, und er wolle heute abend noch zum Konzert nach »Doctor's Beach«. Dort ganz in der Nähe, so klagt die Alte und rollt den Blick verzweifelt zum Himmel, habe der böse Bube noch eine zweite Familie, noch zwei Kinder und vor allem eben eine zweite Frau.

Laut zeternd weist Edna mit ihren kräftigen Armen auf einige der gutgelaunten Männer: »Die sind auch alle nicht anders! Sehen Sie da zum Beispiel Buju«, und sie zeigt auf eine schlanke, sportliche Gestalt, die spielerisch wippend neben den Stahltrommeln steht. »Buju ist unser Mann, der fließend lesen und schreiben kann, er ist unser Lehrer hier im Dorf. Vier der dreißig Kinder, die er unterrichtet, wenn sich der Herr Lehrer nicht gerade herumtreibt, sind seine eigenen. Von zwei verschiedenen Müttern. Und am anderen Ende der Insel, in Winnyfred's Cove, soll er damit beschäftigt sein, noch eine dritte Familie zu gründen. Immer sonntags verschwindet er in letzter Zeit und tut so, als ob niemand von uns ahnen könnte, wohin. Es ist zum Verzweifeln! Wie sollen wir je aus unserem Elend herauskommen, wenn Leute wie dieser Erzieher die Vorbilder unserer Jugend sind!«

Edna hat sich in Rage geredet. Jeder in diesem Dorf hat ihre Klage bestimmt schon unzählige Male gehört. Auch Buju, der seine Trommeln zusammenpackt, hat natürlich verstanden, von welchem Taugenichts die Rede war. Aber er lächelt männlich und vergnügt.

Hose und Hemd sind zwar sauber, aber noch naß, als Erik sie von den Frauen in Empfang nimmt und gegen die geborgten Sachen austauscht. Ein Mädchen reicht ihm sein Portemonnaie, das wenig abbekommen hat vom kurzen Bad in der Jauche. Er steckt es ein, ohne hineinzusehen und die Scheine zu zählen. Johnny hat diese Geste mit Respekt registriert. »Wir fahren heute abend nach ›Doctor's Beach‹. Komm mit, es wird eine Riesenparty, so etwas hast du noch nie erlebt!«

Es sei schon recht spät, wendet Erik ein. Aber das ist für Johnny ein albernes Argument. »Dann schläfst du eben morgen am Tag, Moohn. Je später der Abend, desto besser die Musik! Du bist doch sonst kein so blöder Typ wie die anderen da hinter dem Zaun. Also los, rein ins Boot zur Reggae-Nacht deines Lebens!«

Den Ausschlag gibt schließlich die alte Edna. Sie schubst ihn sanft ins Boot und dem unbekannten Abenteuer entgegen. Es scheint, als hoffe sie auf Eriks guten Einfluß bei dieser Expedition. Und als das kleine Motorboot langsam ins Wasser geschoben wird, zeigt seine Anwesenheit offenbar schon die erste beruhigende Wirkung. Die junge Frau mit ihrem Zorn auf »Bad Boy Johnny«, die mit den anderen am Ufer zurückgeblieben ist, hat schon einen Stein vom Strand aufgehoben und zum Wurf ausgeholt. Doch dann sieht sie den harmlosen Weißen dicht neben Johnny im Boot, und so wirft sie den Stein in stummer Wut ins Meer.

Johnny spielt auf seiner Gitarre gegen den heulenden Motor und das Rauschen des Fahrwassers an: »It's you, oh yeh . . . , it's you . . .« Buju hält das Ruder und singt mit. Und Colin, der dritte aus der Musikergruppe, hängt mit dem Oberkörper über der Kante des Bootes und klopft mit beiden Händen von außen den Takt auf die Wanne. Seine ungewöhnliche Trommel gibt ein leises, dumpfes Geräusch. Auch Erik grölt schließlich aus voller Seele mit, der Text und die Melodie sind ja nicht schwer zu behalten. Bist du's, oh yeh, bist du's? Warum nur, denkt er in seiner losgelösten Stimmung, warum nur fällt es mir immer noch so schwer, dich zu erkennen und mit dir glücklich zu sein? Mit dir, Julia, mit dir Ralf, mein Bruder. Wer liebt nun dich, Annette? Und du, Hubertus Fischer? Kannst du mich hören in dieser Nacht auf dem Meer? Hast du endlich deine Geliebte, die Wahrheit, gefunden?

Achteraus, an Bujus schaukelnder Mütze vorbei, sieht Erik deutlich die Lichter des Hotels. Die Feuer und Lampen der Hibiscus-Bucht sind schon nicht mehr auszumachen. In der Ferne vor dem Bug glitzern kleine weiße Punkte, das ist »Doctor's Beach«. Johnny hatte Erik versichert, Buju sei nicht nur einer der größten Gelehrten, er sei auch einer der besten und erfahrensten Bootsführer Jamaikas und habe selbst sturzbetrunken und ganja-umnebelt stets alle Ziele sicher und in gerader Linie gefunden. Erik hat sich gegen die Bordwand gelehnt, und Colins inniges Trommeln vibriert durch seinen ganzen Körper.

Es wird still hier draußen auf dem Karibischen Meer, nur ein leichter Wind von dem Dahingleiten des Bootes weht den Männern durchs Haar. Erik kommt es so vor, als sei die Fahrt auf einmal schneller geworden. Auch Buju scheint das größere Tempo zu bemerken. Er hat aufgehört zu singen, testet das Ruder und spielt dabei mit dem Gas. Mal heult der Motor stärker auf, dann wird er leiser. Und dennoch bleibt die hohe Geschwindigkeit konstant, so als ob sie von starker Strömung ins Meer hinausgezogen würden.

Johnny ist immer noch in sein Gitarrenspiel vertieft, Colin schlägt unverdrossen den Takt. Der Himmel ist schwarz und voller Sterne. Nur vorn, so scheint es Erik, hat jemand einen riesigen weißen Strich an den Horizont gemalt. Es könnte auch eine ganz schmale Wolke sein. Das Boot wird immer schneller, und auch Johnny hat jetzt sein Spiel unterbrochen. Nur Colin kniet noch vor der Bordwand wie vor einem Altar und trommelt gegen ein mächtiges Rauschen an, das plötzlich die Luft erfüllt. Erik kommt es so vor, als rase das weiße Wolkenband auf sie zu und setze sich wie eine Schaumkrone auf einen gewaltigen, dunklen Wasserberg, der vor ihnen in den Himmel wächst. Buju ist starr vor Entsetzen und kann das Ruder nicht mehr halten. Johnny bekreuzigt sich und greift nach Eriks Hand. Das kleine Boot beginnt sich zu heben und zu drehen. Erik weiß nicht mehr, wo vorn ist und wo oben und unten. Und plötzlich wird sein Körper ganz leicht. Er drückt die Hand, die fest in seiner liegt, und es erfüllt ihn nur dieser eine Gedanke: Welch eine Welle!